武艺十八般

副刊文丛 主编 李辉 王刘纯

萧乾 著
虞金星 编

中原出版传媒集团
中原传媒股份公司
大象出版社
·郑州·

图书在版编目(CIP)数据

武艺十八般 / 萧乾著;虞金星编. — 郑州：大象出版社，2018.6
(副刊文丛 / 李辉，王刘纯主编)
ISBN 978-7-5347-9556-5

Ⅰ.①武… Ⅱ.①萧…②虞… Ⅲ.①散文集—中国—当代 Ⅳ.①I267

中国版本图书馆 CIP 数据核字(2017)第 276682 号

武艺十八般
WUYI SHIBABAN

萧 乾 著

出 版 人	王刘纯
项目统筹	李光洁 成 艳
责任编辑	贠晓娜
责任校对	安德华
封面设计	段 旭
内文设计	杜晓燕

出版发行 大象出版社(郑州市开元路 16 号 邮政编码 450044)
　　　　　发行科 0371-63863551 总编室 0371-65597936
网　　址　www.daxiang.cn
印　　刷　北京汇林印务有限公司
经　　销　各地新华书店经销
开　　本　787mm×1092mm 1/32
印　　张　8.75
版　　次　2018 年 6 月第 1 版　2018 年 6 月第 1 次印刷
定　　价　36.00 元

若发现印、装质量问题，影响阅读，请与承印厂联系调换。
印厂地址　北京市大兴区黄村镇南六环磁各庄立交桥南 200 米(中轴路东侧)
邮政编码　102600　　　　　电话　010-61264834

"副刊文丛"总序

李 辉

设想编一套"副刊文丛"的念头由来已久。

中文报纸副刊历史可谓悠久,迄今已有百年。副刊为中文报纸的一大特色。自近代中国报纸诞生之后,几乎所有报纸都有不同类型、不同风格的副刊。在出版业尚不发达之际,精彩纷呈的副刊版面,几乎成为作者与读者之间最为便利的交流平台。百年间,副刊上发表过多少重要作品,培养过多少作家,若要认真统计,颇为不易。

"五四新文学"兴起,报纸副刊一时间成为重要作家与重要作品率先亮相的舞台,从鲁迅的小说《阿Q正传》、郭沫若的诗歌《女神》,到巴金的小说《家》等均是在北京、上海的报纸副刊上发表,从而产生广泛影响的。随着各类出版社雨后春笋般出现,杂志、书籍与报纸副刊渐次形成三足鼎立的局面,但是,不同区域或大小城市,都有不同类型的报纸副刊,因而形成不同层面的读者群,在与读者建立直接和广泛的联系方面,多年来报纸副刊一直占据优势。近些年,随着电视、网络等新兴媒体的崛起,报纸副刊的优势以及影响力开始减弱,长期以来副刊作为阵地培养作家的方式,也随之隐退,风光不再。

尽管如此,就报纸而言,副刊依旧具有稳定性,所刊文章更注重深度而非时效性。在新闻爆炸性滚动播出的当下,报纸的所谓新闻效应早已滞后,无法与昔日同日而语。在我看来，唯有副刊之类的版面，侧重于独家深度文章，侧重于作者不同角度的发现，才能与其他媒体相抗衡。或者说，只有副刊版面发表的不太注重新闻时效的文章，才足以让读者静下心，选择合适时间品茗细读，与之达到心领神会的交融。这或许才是一份报纸在新闻之外能够带给读者的最佳阅读体验。

1982年自复旦大学毕业，我进入报社，先是编辑《北京晚报》副刊《五色土》，后是编辑《人民日报》副刊《大地》，长达三十四年的光阴，几乎都是在编辑副刊。除了编辑副刊，我还在《中国青年报》《新民晚报》《南方周末》等的副刊上，开设了多年个人专栏。副刊与我，可谓不离不弃。编辑副刊三十余年，有幸与不少前辈文人交往，而他们中间的不少人，都曾编辑过副刊，如夏衍、沈从文、萧乾、刘北汜、吴祖光、郁风、柯灵、黄裳、袁鹰、姜德明等。在不同时期的这些前辈编辑那里，我感受着百年之间中国报纸副刊的斑斓景象与编辑情怀。

行将退休，编辑一套"副刊文丛"的想法愈加强烈。尽管面临新媒体的挑战，不少报纸副刊如今仍以其稳定性、原创性、丰富性等特点，坚守着文化品位和文化传承。一大批副刊编辑，不急不躁，沉着坚韧，以各自的才华和眼光，既编辑好不同精品专栏，又笔耕不辍，佳作迭出。鉴于此，我觉得有必要将中国各地报纸副刊的作品，以不同编辑方式予以整合，集中呈现，使纸媒副刊作品，在与新媒体的博弈中，以出版物的形式，留存历史，留存文化，便于日后人们借这套丛书领略中文报纸副刊（包括海外）曾经拥有过的丰富景象。

"副刊文丛"设想以两种类型出版，每年大约出版二十种。

第一类：精品栏目荟萃。约请各地中文报纸副刊，挑选精品专栏若干编选，涵盖文化、人物、历史、美术、收藏等领域。

第二类：个人作品精选。副刊编辑、在副刊开设个人专栏的作者，人才济济，各有专长，可从中挑选若干，编辑个人作品集。

初步计划先从20世纪80年代开始编选，然后，再往前延伸，直到"五四新文学"时期。如能坚持多年，相信能大致呈现中国报纸副刊的重要成果。

将这一想法与大象出版社社长王刘纯兄沟通，得到王兄的大力支持。如此大规模的一套"副刊文丛"，只有得到大象出版社各位同人的鼎力相助，构想才有一个落地的坚实平台。与大象出版社合作二十年，友情笃深，感谢历届社长和编辑们对我的支持，一直感觉自己仿佛早已是他们中间的一员。

在开始编选"副刊文丛"过程中，得到不少前辈与友人的支持。感谢王刘纯兄应允与我一起担任丛书主编，感谢袁鹰、姜德明两位副刊前辈同意出任"副刊文丛"的顾问，感谢姜德明先生为我编选的《副刊面面观》一书写序……

特别感谢所有来自海内外参与这套丛书的作者与朋友，没有你们的大力支持，构想不可能落地。

期待"副刊文丛"能够得到副刊编辑和读者的认可。期待更多朋友参与其中。期待"副刊文丛"能够坚持下去，真正成为一套文化积累的丛书，延续中文报纸副刊的历史脉络。

我们一起共同努力吧！

2016年7月10日，写于北京酷热中

目　录

编者序　　　　　　　　　　　虞金星　1

萧伯纳二三事　　　　　　　　　　　1
餐车里的美学　　　　　　　　　　　6
初冬过三峡　　　　　　　　　　　 10
威尔第在北京　　　　　　　　　　 18
"上"人回家　　　　　　　　　　　 22
放心·容忍·人事工作　　　　　　 28
往事三瞥　　　　　　　　　　　　 43
美国点滴　　　　　　　　　　　　 58
鼓声　　　　　　　　　　　　　　 87
文明小议　　　　　　　　　　　　 93

出版杂议　96

欧行冥想录　101

这个词用错了　121

欧战杂忆　123

北京城杂忆　151

小议出题征文　198

"我"与"我们"　201

标尺单一化　203

记忆与启迪

　——《中外记者笔下的第二次世界大战》读后　207

勿找旁门左道　212

万世师表叶圣陶　215

能爱才能恨

　——为《冰心文学创作生涯七十年展览》而作　219

应该研究报纸副刊　224

干校琐忆	228
心中总有一团火	237
抗老哲学	
——给自己做点思想工作	241
饮食的记忆	247
吃的联想	252

编者序

虞金星

这本作品选，编选的是萧乾先生在《人民日报》与《北京晚报》两家副刊发表的作品。其中，选自《北京晚报》副刊的是两篇连载"杂忆"——《欧战杂忆》《北京城杂忆》。这两篇"杂忆"，是由时在《北京晚报》任编辑的李辉先生经手编发，并曾收入人民日报出版社 1987 年出版的《北京城杂忆》一书。除此之外的所有篇目，选自萧乾先生 1956 年至 1999 年发表在《人民日报》的作品。

比起其他作者，萧乾先生和《人民日报》副刊的渊源尤为深厚。1956年7月1日，《人民日报》改版。当天的《致读者》特别加以说明，报纸扩为八个版后，一般情况下，"第八版上半是带文学性的副刊"。萧乾先生就是在这时候受邀担任《人民日报》副刊（"八版"）顾问的。

我的前辈同事、时为副刊编辑的姜德明先生曾在《"八版"顾问——为萧乾文学生涯六十年作》（收入李辉编《副刊面面观》）一文中回忆说，萧乾先生这个顾问，并不是一般的名誉性的，而是每天上午都来坐班，真正深入《人民日报》副刊的，带着年轻编辑访问作者，在副刊的日常编务中还出了力。尽管因为时局的变化，这段日子并不长，但在姜德明先生看来，"萧乾在副刊当顾问的日子，一定非常愉快，也许是中华人民共和国成立后他工作最顺心的一段日子。因为不管他做过什么工作，得到过多么高的职位，从根本上说他应该是一位最理想的副刊编者或新闻记者"。

《萧伯纳二三事》《餐车里的美学》《初冬过三峡》……除了在副刊发表作品，他还以《人民日报》特约记者的身份,采写发表了《凤凰坡上的人们——访问金县友谊果园集体农庄》《万里赶羊》等文章。许多作品的名字,至今应该还留在经历过当年的人们的脑海里。《萧伯纳二三事》是萧乾先生担任副刊顾问后,在《人民日报》上发表的第一篇作品。第二年的6月1日,他发表了《放心·容忍·人事工作》一文。此后是长达二十余年的空白,直到1979年归来,发表《往事三瞥》。

按时间线索梳理这些作品时,我不仅读到了这些留在版面上的文章本身,还仿佛读到了一个人在那些岁月里的身影、命运遭逢。文字有意义,时间本身有时候也包含着丰富的内容。也正因此,在编选过程中,我没有把萧乾先生的这些作品按发表场地分成两部分,而是把"杂忆"按时间穿插到了相应位置。这样或许能让读者从时间的线索里读到更丰裕的内容。

姜德明先生在回忆中说,"萧乾还主张副刊编辑不能只做技术工作和组织工作,自己也要动笔,而且最好是十八般武艺全来得"。这本小册子里的作品,无疑是他作为副刊编辑"十八般武艺全来得"的重要佐证之一。而萧乾先生的这一观点，对今天的副刊编辑们，又何尝不适用呢？

1935年，萧乾先生25岁，从燕京大学毕业，进入《大公报》，开始他的副刊编辑生涯。《大公报》的"文艺"副刊，是20世纪30年代中国最受瞩目的报纸副刊之一。而他不仅是一位"最理想的副刊编辑"，同时也是一位出色的新闻记者。1939年，他前往欧洲，成为《大公报》驻英特派记者，还随军成为西欧战场上的战地记者；战后联合国成立大会时，还曾前往美国采访，直至1946年回国。

与他丰富的副刊作品、令人瞩目的副刊编辑经历相比，他作为新闻记者的生涯光芒也不遑多让。收入本书的《欧战杂忆》就是记述他在欧洲战场上的这段经历。这段经历，也明显深刻影响了他的创作。关于世界的篇章，在他的副刊作品中占了相当的比例。

时间把他的人生经历、工作与写作融为一体。滋味留在他和时间同行的文章里。

2017年4月　北京

萧伯纳二三事

远在1883年，萧伯纳就接触了马克思主义。读完了亨利·乔治的《进步与贫穷》一书，他下决心要研究《资本论》。可是当时《资本论》还没有英译本，好不容易他才在大英博物馆找到一部法译本。他说过不止一次，读了《资本论》，他的生命才有了意义。"在马克思把我变成一个共产主义者以前，我是个懦夫。他给了我信心，使我成为一个人。"他还说："马克思对我是个启示，是我一生的转折点，因为他替我揭开了世界的面罩，使我看到历史和文明的真实面目，提供给我一个崭新的宇宙观念，叫我找到人生的意义和使命。"

从萧伯纳的作品来看，他对人生还存在着许多矛盾和不科学的看法，所以列宁说他是"陷到费边社一帮人中间的一个好人"，卢纳察尔斯基说他在生活中是个不速之客，而不是个斗士。尽管这样，他对于资产阶级政权一直是冷嘲热骂的，对于苏联，他一直是衷心拥护的。生活在那么多机会主义者中间，他能坚持这样鲜明的立场，这不能不归功于《资本论》最初给他的启发。

萧伯纳不是个埋首在书斋里的作家，他积极地参与生活。据他自己说，他三十几岁上，每个月平均要做六次关于社会主义的演讲，有时候是在街头，有时候是在酒馆里，更多的时候是在伦敦的海德公园。在这些活动里，他自然短不了跟警察起冲突。有一回伦敦下着倾盆大雨，他站在海德公园露天演讲，据他说听众只有六名监视他的警察和邀他去演讲的那个学会的秘书——他一直帮演讲者撑着伞。萧伯纳后来回忆说："我拼命讲得叫警察听起来感兴趣，我给了他们一个多钟头的娱乐。到现在闭上眼睛，我还能看见他们穿的防雨斗篷上面淌的雨水。"他认为那是他一生最得意的一次演讲。

在讲词里，他总不免要痛骂资产阶级政府。1888年，在一篇题为《无政府行不通》的演讲里，他说："目前这种政府不过是个凭借暴力掠夺和奴役穷人的巨大机器。"

1917年，当俄罗斯人民毅然拒绝参加帝国主义战争的时候，费边社的衮衮诸公对新兴的社会主义国家表示了深切的敌意。在一次这种反俄的大会上，萧伯纳一直坐在会场的一个角落里，一声不吭。快散会的时候，他忽然站起来，大声嚷道："咱们既然是社会主义者，俄罗斯的立场就是咱们的立场。"

同年他写信给一个在美国的朋友说："俄国的消息不坏，对吗？然而这局面可不是参战国原来所期望的，正如1870年俾斯麦没期望叫法国成为共和国一样。"

1956年7月26日《人民日报》载《萧伯纳二三事》

1931年，他应邀访问苏联。到了莫斯科，他在欢迎宴会上说："列宁创始的这个尝试如果成功了，世界将进入一个崭新的世纪；如果失败了，我死的时候一定是满腹悲哀的。可是如果未来正像列宁所预示的，那么我们就可以毫无惧色、满面笑容地面向未来了。"在饯别的宴会上，他又说："我如今是向希望之土告别，回到那绝望之土上去。"

归途路过华沙，一群资产阶级记者把他密密匝匝地包围起来，希望能从他那里挤出点反苏的资料。萧伯纳庄重地告诉他们说："要人类重新回到资本主义上去，那就等于给人类上烙刑。如果你在现场看到了布尔什维主义，你就不会怀疑资本主义的末日必然到来了。"

曾经有人怂恿萧伯纳访问美国，他回答说："美国人民不晓得，如果我把对政治和宗教的看法老老实实地讲出来，我连上岸的许可也得不到的。"

（1956年7月26日《人民日报》）

餐车里的美学

天还没亮,穿青色短皮大衣的画家上厕所,顺便朝餐车里探了探头。回到车厢,他小声地然而却像是发现了宝山那样又惊又喜地告诉穿蓝棉袄和穿西装的两位画家说:"喂,有宵夜吃。"其实,已经快五点啦,有也只能说是"早点"。3个人于是就揉着又干又辣的眼睛,走进了餐车。

这里,墙是白色的,灯光总比车厢里多少亮些,旅途的倦意登时杀减了不少。

叫的汤面还没来，穿皮大衣的画家兴致特别高，提议买一瓶葡萄酒。论理说，这可不像个喝酒的时辰，可是塞外的秋夜已经够凉的了，列车又是在九月的劲风里奔驰着，塞外的风不断嗖嗖地从四面缝隙袭来，所以谁也没反对这个突兀的提议。

随着列车的行进，窗外那片漆黑渐渐溶成灰色了。掀开窗帘，甚至可以看到卵石垒成的坡道下面一条土黄色的河滩——虽然只是一条细流，河床本身却不算窄。再往远处凝视，分明还可以看见一些庄稼。再过一阵，银灰色的烟雾里钻出了一个奇丽的山峦。

"米芾真不愧是位大师！"穿蓝棉袄的画家慨叹说，"晨烟就是像条白色的长带，横在山的半腰。瞧！云山衔接的地方不正是像洇了的墨迹吗！"

穿西装的画家口音是江浙一带的。他觉得还有些美中不足。"要是这道河不是这么泥浆子似的，再清澈一些多好呵！"

这意见马上受到了批驳。反对的意见是：要是把江南那种小桥流水搬到塞外来，就不典型了。

这时候，服务员把热腾腾的汤面端上来了。可是他来得有多么不是时候！谁也没心吃面，因为窗外出现了奇迹。

云雾后面，忽然又钻出了个峰尖，这峰尖给朝阳镀得比金子还要亮，有棱有角，衬着四下的灰云和褐色的山峦，灿烂得真是只有梦境或者神话里才会有的色彩。

画家们面对这片奇景，赞叹之余，就议论开了。一位认为该用鹅黄再微微加点红，一位主张用赭黄，最后穿青色短大衣的画家很有把握地说："我看，只有雄黄才能把它表现出来。"

"唉，你们都是白费脑筋，"穿蓝棉袄的画家带着无限感慨说，"要是你在一片灰灰的云朵里，画上这么个山头，我管保批评家不会答应的。他们一定会说：这不是国画，这是西洋画！"

"可是齐白石这老头子真敢用色！批评家也拿他没办法！"穿西服的反驳说，听起来论据显着弱了些。

"因为大自然是敢用色的。"穿短皮衣的画家赶紧来支援说，一面仍然望着那片越来越远、越淡的奇景出着神。

"可是，我问你们，"穿蓝棉袄的画家不服气地说，"理论是理论，你们回去敢这么画吗？"

这显然是个挑战，可是并没有人马上出来应战。它像个不散的烟圈儿一般，在他们头上旋转着。

这时候，服务员彬彬有礼地走过来说：

"同志们，快吃吧，我们马上就要打扫餐车，交班啦！"

由窗口探头一看，远方那片灿烂的色彩大部分已经给云雾浸染成灰色了，只残剩下几小块在烟雾后面隐约闪烁着，像是昭示着光明的存在，又仿佛遥遥地向列车里的3位画家召唤着说："勇敢点儿，把我画出来吧。"

9月5日于锡林浩特

（1956年10月8日《人民日报》）

初冬过三峡

一

听说船早晨10点从奉节入峡,九点多钟我揣了一份干粮爬上一道金属小梯,站到船顶层的甲板上了。从那时候起,我就跟天、水及两岸的巉岩峭壁打成一片,直直伫立到天色昏暗,只听得见成群的水鸭子在江面上啾啾私语，看不见它们的时候，才回到舱里。在初冬的江风里吹了将近九个钟头，脸和手背都觉得有些麻木臃肿了，然而那是怎样难忘的九个钟头啊！我一直都像是在变幻无穷的梦境里，又像是在听一阕奔放浩荡的交响乐章：忽而妩媚，忽而雄壮；忽而阴森逼人，忽而灿烂夺目。

整个大江有如一环环接起来的银链，每一环四壁都是蔽天翳日的峰峦，中间各自形成一个独特天地，有的椭圆如琵琶，有的长如梭。走进一环，回首只见浮云衬着初冬的天空，自由自在地游动，下面众峰峥嵘，各不相让，实在看不出船是怎样硬从群山缝隙里钻过来的。往前看呢，山岚弥漫，重岩叠嶂，有的如笋如柱，直插云霄，有的像彩屏般森严大方地屹立在前，挡住去路。天又晓得船将怎样从这些巨汉的腋下钻出去。

那两百公里的水程用文学作品来形容，正像是一出情节惊险，故事曲折离奇的好戏，这一幕包管你猜不出下一幕的发展，文思如此之绵密，而又如此之突兀，它迫使你非一口气看完不可。

出了三峡，我只有力气说一句话：这真是自然的大手笔。晚餐桌上，我们比过密西西比河，也比过从阿尔卑斯山穿过的一段多瑙河，越比越觉得祖国河山的奇瑰，也越体会到我们的诗词绘画何以那样俊拔奇伟，气势万千。

二

没到三峡以前，只把它想象成岩壁峭绝，不见天日。其实，太阳这个巧妙的照明师不但利用出峡入峡的当儿，不断跟我们玩着捉迷藏，它还会在壁立千仞的幽谷里，忽而从峰与峰之间投进一道金晃晃的光柱，忽而它又躲进云里，透过薄云垂下一匹轻纱。

早年读书时候，对三峡的云彩早就向往了，这次一见，果然是不平凡。过瞿塘峡，山巅积雪跟云絮几乎羼在一起，明明是云彩在移动，恍惚间却觉得是山头在走。过巫峡，云渐成朵，忽聚忽散，似天鹅群舞，在蓝天上织出奇妙的图案。有时候云彩又呈一束束白色的飘带，它似乎在用尽一切轻盈婀娜的姿态来衬托四周叠起的重岭。

初入峡,颇有逛东岳庙时候的森懔之感,四面八方都是些奇而丑的山神,朝自己扑奔而来。两岸斑驳的岩石如巨兽伺伏,又似正在沉眠。山峰有作蝙蝠展翅状,有的如尖刀倒插,也有的似引颈欲鸣的雄鸡,就好像一位魄力大、手艺高的巨人曾挥动千钧巨斧,东斫西削,硬替大江斩出这道去路。岩身有的作绛紫色,有的灰白杏黄间杂。著名的"三排石"是浅灰带黄,像煞三堵断垣。仙女峰作杏黄色,峰形尖如手指,真是奇丽动人。

尽管山坳里树上还累累挂着黄澄澄的广柑,峰巅却见了雪。大概只薄薄下了一层,经风一刮,远望好像楞楞可见的肋骨。巫峡某峰,半腰横挂着一道灰云,显得异常英俊。有的山上还有闪亮的瀑布,像银丝带般蜿蜒飘下。也有的虽然只不过是山缝儿里淌下的一道涓流,可是在夕阳的映照下,却也变成了金色的链子。

船刚到夔府峡,望到屹立中流的滟滪滩,就不能不领略到三峡水势的险了。从那以后,江面不断出现这种拦路的礁石。勇敢的人们居然还给这些暗礁起下动听的名字，如"头珠石""二珠石"。这以外，江心还埋伏着无数险滩，名字也都蛮漂亮。过去不晓得多少生灵都葬身在那里了。现在尽管江身狭窄如昔，却安全得像个秩序井然的城市。江面每个暗礁上面都浮起红色灯标，船每航到瓶口细颈处，山角必有个水标站，门前挂了各种标记，那大概就相当于陆地上的交通警。水浅的地方，必有白色的报航船，对来往船只报告水位。傍晚，还有人驾船把江面上一盏盏的红灯点着，那使我忆起老北京的路灯。

每过险滩，从船舷下望，江心总像有万条蛟龙翻滚，漩涡团团，船身震撼。这时候，水面皱纹圆如铜钱，乱如海藻，恐怖如陷阱。为了避免搁浅，穿着救生衣的水手站在船头的两侧，用一根红蓝相间的长篙不停地试着水位。只听到风的呼啸，船头跟激流的冲撞，和水手报水位的喊声。这当儿，驾驶台一定紧张得很了。

船一声接一声地响着汽笛，对面要是有船，也鸣笛示意。船跟船打了招呼，于是山跟山也对语起来了，声音辽远而深沉,像是发自大地的肺腑。

三

最令人惊心动魄的是激流里的木船。有的是出来打鱼的,有的正把川江的橘麻下运。剽悍的船夫就驾着这种弱不禁风的木船,沿着嶙峋的巉岩,在江心跟汹涌的漩涡搏斗。船身给风刮得倾斜了,浪花漫过了船头,但是勇敢的桨手们还在劲风里唱着号子歌。

这当儿,一声汽笛,轮船眼看开过来了。木船赶紧朝江边划。轮船驶过,在江里翻滚的那一万条蛟龙变成十万条了,木船就像狂风中的荷瓣那样横过来倒过去地颠簸动荡。不管怎样,桨手们依旧唱着号子歌,逆流前进。他们征服三峡的方法虽然是古老失时的,然而他们毕竟还是征服者。

三峡的山水叫人惊服,更叫人惊服的是沿峡劳动人民征服自然、谋取生存的勇气和本领。在那耸立的峭壁上,依稀可以辨出千百层细小石级,交错蜿蜒,真是羊肠蟠道三十六回。有时候重岩绝壁上垂下一道长达十几丈的竹梯，远望宛如什么爬虫在巉岩上蠕动。上面，白色的炊烟从一排排茅舍里袅袅上升了。用望远镜眺望，还可以看到屋檐下晒的柴禾、腊肉或渔具，旁边的土丘大约就是他们的祖茔。峡里还时常看见田垄和牲口。在只有老鹰才飞得到的绝岩上，古代的人们建起了高塔和寺庙。

船到南津关，岸上忽然出现了一片完全不同的景象：山麓下搭起一排新的木屋和白色的帐篷。这时候，一簇年轻小伙子正在篮球架子下面嘶嚷着，抢夺着。多么熟稔的声音啊！我听到了筑路工人铿然的铁锹声，也听到更洪亮的炸石声。赶紧借过望远镜来一望，镜子里出现了一张张充满了青春气息的笑脸。多巧啊，电灯这当儿亮了。我看见高耸的钻探机。

原来这是个重大的勘察基地，岸上的人们正是历史奇迹的创造者。他们征服自然的规模更大，办法更高明了。他们正设计在三峡东边把口的地方修建一座世界上最大的水电站，一座可以照耀半个中国的水电站。

三峡将从蜀道上一道崄巇的关隘，变成幸福的源泉。

山势渐渐由奇伟而平凡了，船终于在苍茫的暮色里安全出了峡。从此，漩涡消失了，两岸的峭岩消失了，江面温柔广阔，酷似一片湖水。轮船转弯时，衬着暮霭，船身在江面轧出千百道金色的田垄，又像有万条龙睛鱼在船尾并排追踪。

江边的渔船已经看不清楚了，天水交接处，疏疏朗朗只见几根枯苇般的桅杆。天空昏暗得像一面积满尘埃的镜子，一只苍鹰此刻正兀自在那里盘旋。它像是寻思着什么，又像是对这片山川云物有所依恋。

（1956年12月16日、12月17日《人民日报》）

威尔第在北京

要是意大利歌剧《茶花女》的作者威尔第能够看见我所看到的一些情景的话（事实上他半个多世纪以前就去世了，当然不可能看见），我估计他一定会很吃惊，也会很感动：直到休息的时候，我才发现同排隔两个位子上坐着的是一位农民老大爷，蓝棉袄上还别着杆烟袋锅子，看去大概是近郊哪个农业合作社的社员。歌剧终了，当紫色的绒幕落而复起，薇奥列塔也已经死而复活,站到台口谢幕的时候,老大爷还在用袖口为古代欧洲那个薄命姑娘抹眼泪呢。天桥剧场门口汽车、自行车不稀罕,可是这一天街对面停了辆大车——原来老大爷还不是孤身一个赶到城里来看歌剧的,随后又有几个农民观众也到大车跟前集合了。

那一瞬间,我看到伟大的"百花齐放"方针对国际文化交流所起的促进作用,也看到不朽的文艺作品跟群众之间不可分割的关系。

人心就好像长着根毫不知迁就的弦,有的作品倾多大力气,硬是拨它不动,有的却一拨就响了。而且大凡在本国能拨动心弦的作品,走到国外也能;过去的岁月里拨得动的,今天仍然拨得动。那位农民老大爷洒的几滴同情泪,替威尔第的《茶花女》证实了这一点。

把欧洲的大型古典歌剧搬到中国舞台上来,这是几年以前任何音乐爱好者也不敢想的一件事!像《茶花女》这么一出歌剧,它包含着几百年来西欧在音乐、戏剧和舞蹈上的发展,牵涉着舞台设计上无限复杂的技术。谁也不能不佩服中央实验歌剧院同志们的这股勇气，和他们向音乐史上古典大师学习的热情。

打比方说，要是伦敦或者罗马的越剧爱好者打算上演咱们的"梁祝"，从唱工到做工，从丝竹的板眼到每座楼阁妆台的设计，他们得爬多少道崇山峻岭才能把它搬上舞台去呀！要是他们真地演成了，人们不会首先问他们的唱工做工到不到家——比起我们的袁雪芬、范瑞娟来，他们靠准不会到家——而是赞叹他们的雄心，并且深深被他们那种急于接受世界上一切美好传统的高尚志气所感动。

所以看了这次的演出，我这个门外汉首先感到的是自豪——我们的歌剧界终归还是冲破千万重困难，把它搬上了中国舞台。这同时也显示出，在从世界文化遗产吸收营养上，我们的胃口有多么大。

行家们自然会给这次演出以恰如其分的评价。有些美中不足的地方是外行人也感觉到的，譬如由于音量不足，有时候独唱给管弦淹没了。有些，我又觉得好像是先天带来的。譬如歌剧里几段宣泄多情男女在生离死别时分的感情，歌唱者的喉咙里应该接连迸发出悲愤的火花，就像山崩地裂了一般；这当口，我隐隐觉得尽管舞台上的布景是南欧的，但南欧人那种肝胆俱裂的激情却从威尔第的音乐里抽掉了，或者说，用比较含蓄的东方式的感情代替了。这究竟是由于演员不够熟练、顾了唱顾不了表情呢，还是东方人在表达欧洲人的感情时难以避免的距离呢？

在这个歌剧里，中国文字跟西洋音乐"结合"了两个多小时，它的效果自然是耐人寻味的。在一般情况下，我觉得这种结合没有什么不自然。可是遇到"碎音"的地方，可怜单音的中文就硬当作复音字来使唤，只觉得歌词狼狈地追赶着连珠炮般的音符，听了就像拿苹果当葡萄吃那样嗓子里感到噎得慌。

然而这些先天的距离恰好替演出另外增加了一层意义。这回算是打了个先锋，从这次尝试中正好发现后天克服这些困难的途径。

（1957年2月7日《人民日报》）

"上"人回家

"上"人先生是鼎鼎有名的语言艺术家。他说话不但熟练，词儿现成，而且一向四平八稳，面面俱到。据说他的语言有两个特点，其一是概括性——可就是听起来不怎么具体，有时候还难免有些空洞啰嗦；其二是民主性——他讲话素来不大问对象和场合。对于学习马克思列宁主义，他自认有一套独到的办法，主张首先要掌握的是马克思列宁主义语言。至于马克思列宁主义语言究竟与生活里的语言有什么区别，以及他讲的是不是就是马克思列宁主义语言，这个问题他倒还没考虑过。总之，他满口离不开"原则上""基本上"，这些本来很有内容的字眼儿，到他嘴里就成了口头禅，无论碰到什么，他都"上"它一下。于是，好事之徒就赠了他一个绰号，称他作"上"人先生。

这时天交傍晚，"上"人先生还不见回家，他的妻子一边照顾小女儿，一边烧着晚饭。忽听门外一阵脚步声，说时迟，那时快，"上"人推门走了进来。做妻子的看了好不欢喜，赶忙迎上前去。

故事叙到这里，下面转入对话。

妻：今儿个你怎么这样晚才回来？

上：主观上我是希望早些回来的，但是由于客观上难以预料、无法控制的原因，以致我实际上回来的时间跟正常的时间产生了距离。

妻（撇了撇嘴）：你干脆说吧，是会散晚啦，还是没挤上汽车？

上：从质量上说，咱们这10路公共汽车的服务水平不能算低,可惜在数量上,它还远远跟不上今天现实的需要。

妻(不耐烦):大丫头还没回来,小妞子直嚷饿得慌。二丫头,拉小妞子过来吃饭吧!

(小妞子刚满三周岁,怀里抱着个新买的布娃娃,一扭一扭地走了过来。)

妞:爸爸,你瞧我这娃娃好看不?

上:从外形上说,它有一定的可取的地方。不过,嗯,(他扯了扯娃娃的胳膊)不过它的动作还嫌机械了一些。

妞(撒娇地):爸爸,咱们这个星期天去不去公园呀?

上:原则上,爸爸是同意带你去的,因为公园是个公共文娱活动的地方。不过——不过近来气候变化很大,缺乏稳定性,等自然条件好转了,爸爸一定满足你这个愿望。

妻(摆好了饭菜和筷子):吃吧,别转文啦!

妞(推开饭碗):爸爸,我要吃糖。

上:你热爱糖果,这是完全可以理解的。这种副食品要是不超过定量，对第二代也可以起良好的作用。不过，今天早晨妈妈不是分配两块水果糖给你了吗？

妻：我来当翻译吧。小妞子，你爸爸是说，叫你先乖乖儿地吃饭，糖吃多了长虫牙！（温柔地对"上"）今儿个合作社到了一批朝鲜的裙带菜，我称了半斤，用它烧汤试一试，你尝尝合不合口味。

上（舀了一条羹，喝下去）：嗯，不能不说是还有一定的滋味。

妻（茫然地）：什么？倒是合不合口味呀？

上（被逼得实在有些发窘）：从味觉上说——如果我的味觉还有一定的准确性的话——下次如果再烧这个汤的话，那么我倾向于再多放一点儿液体。

妻（猜着）：噢，你是说太咸啦，对不对？下回我烧淡一点儿就是嘞。

（正吃着饭，一个十五六岁的姑娘推门走进来，这就是"大丫头"。她叫明，今年初三。）

明：爸爸，（随说随由书包里拿出一幅印的水彩画，得意地说）这是同学送我的，听说是个青年女画家画的。

你看这张画好不好？

上（接过画来，歪着头望了望）：这是一幅有着优美画面的画。在我看来（沉吟了一下），它具有一定的吸引力。这一点，自然跟画家在艺术上的修养是分不开的。然而在表现方式上，还不能说它完全没有缺点。

明：爸爸，它哪一点吸引了你？

上：从原则上说，既然是一幅画，它又是国家的美术出版社出版的，那么，它就不能不具有一定的吸引力。

明（不服气）：那不成，你得说是什么啊！（然后，眼珠子一转）这么办吧：你先说说它有什么缺点。

上：它有没有缺点，这一点自然是可以商榷的。不过，既然是青年画家画的，那么，从原则上说，青年总有他生气勃勃的一面，也必然有他不成熟的一面。这就叫作事物的规律性。

明：爸爸，要是你问我为什么喜欢它呀，我才不会那么吞吞吐吐呢，我就干脆告诉你：我喜欢芦苇旁边浮着的那群鸭子。瞧，老鸭子打头，后边跟着（数）一、二、三、四……七只小鸭子。我好像看见它们背上羽毛的闪光,听到它们的小翅膀拍水的声音。

上:孩子,评论一件完整的艺术品,你怎么能抓住一个具体的部分?而且"喜欢"这个字眼儿太带有个人趣味的色彩了。

明(不等"上"说完就气愤愤地插嘴):我喜欢,我喜欢。喜欢就是喜欢。说什么,我总归还告诉了你我喜欢它什么,你呢?你"上"了半天,(鼓着嘴巴,像是上了当似的)可是你什么也没告诉我!

妻:大丫头,别跟你爸爸废嘴啦。他几时曾经告诉过谁什么!

(1957年3月28日《人民日报》)

放心·容忍·人事工作

一

前天我去一家洗衣店取衣服,柜台外边有个顾客正跟店员吵嘴,大概店里把那人的衣服给烫糊了一块。客人气势汹汹,忘记了洗衣店早已公私合营,就满口飞起"资产阶级思想""唯利是图"一类"五反"时期的帽子；可是帽子越大，柜台里头的那个人越不服气。他说，烫糊了，我们向你检讨不就完了吗！（"检讨"两个字是横眉立目地嚷出来的，说的神气跟那个字眼儿很不相称）那个衣服给烫糊了的人显然没从这个"检讨"得到任何补偿（无论是精神上或者是物质上），所以也还是不肯罢休。这时候，店员就绷起脸来，俨然占了上风似的，理直气壮地说：你这个人真是学习得太差啦！我既然向你检讨认错了，你怎么还不依不饶？

我在旁听了，颇有感触。在我们的社会里，有浓厚的健康的政治空气，可是政治庸俗化的程度也很可观。"检讨"居然成了以退为进的反攻战术，"学习差"成了骂语。

那个店员怎么会想出"抢先检讨"这个"高明"战术来的呢？这里，近年来我有一种自己没有把握的观察——没把握，是说，我这个观察可能完全不对头，而且我也希望它是不对头——那就是：由于种种因素，我们这个革命的社会，已经逐渐形成了一种可怕的"革命世故"，大家相互之间存在着一种戒备状态。譬如说，挨了批评明明心里不服，不还嘴，反而抢先检讨之类。这种"革命世故"的表现还有：对人不即不离，发言不痛不痒，下笔先看行情，什么号召都人云亦云地表示一下态度，可对什么也没有个自己的看法。

这种现象的形成，每个人都有责任（譬如说，作家们勇气不足），但是教条主义者的责任也很不小，他们大半都居于领导地位，而敢于用胳臂抗拒车轮的螳螂毕竟占少数。我国有两句非常形象化的成语："杀鸡儆猴""兔死狐悲"。教条主义者一棍子打死的绝不是一个人，而是许多人。

中华人民共和国成立初期，我见过西南出的一本小册子，批判一部有原则性错误的长篇小说（《再生记》），其中，有些篇是这么开头的："我看了×××对这部小说的批评，深为愤慨。"然后，就根据对那部小说的批评，写起批评来。

《十五贯》在古典剧的整理工作上，的确是个巨大成功。中央推荐它，是叫大家学习这种从积极方面搞戏改的精神。可是有一天早晨，我拿到《人民日报》

吓了一跳，七版底下登的是全市各个剧院、各个剧种，清一色的《十五贯》。当时我想：这可说是我们文化界"响应"党的任何本身无可非议的号召最典型的表现了。

我问过一个朋友：咱们这个革命的社会就是要不断地出现更新、更好的见解，为什么反而会这么人云亦云、人演亦演，这么缺乏独创性呢？他说，因为咱们这个社会反对个人突出。可怎么能把个人风格、个人看法跟个人突出混同起来，一道消灭呢？可怕的是，不少人认为这就是"组织性纪律性"。

可以说，人之异于禽兽者几希，独立思考而已矣。没有独立思考，马克思、恩格斯盲目地跟着黑格尔、费尔巴哈走，就不会有辩证唯物主义。没有独立思考，就等于生鱼生肉没经过烹饪、咀嚼就吞下去，不但不能变成营养，反而一定还会闹消化不良。在一个意义上，我觉得"百花齐放、百家争鸣"本身，实际上也就是全国咀嚼、消化新思潮、新文化的过程。既然说消化，就一定得有营养，也有排泄。这样，我们的文化血脉才能舒畅，我们的创作才能繁荣。

我看"百花齐放"里要有两个"放"字才成，一是作家要把匠心"放"出来，一是领导——特别是党的领导要"放"得下心。

为什么过去文艺工作倾向于采取行政领导的方式呢？我看就是因为领导者对被领导者不够放心。为什么目前有些刊物编辑对"鲜花毒草"问题还在嘀咕？大概就是因为他们对今天读者的判断力以及对绝大部分写稿人的政治水平还不够放心。甚至，为什么我们的论文写得那么啰嗦？我们的创作为什么那么缺乏余味？我看也是因为作家对读者的理解力和想象力不够放心。而能不能真正改变文学刊物机关化的状况，估计关键也就在这上头。

资本主义国家的政府对他们的文化人是放心不下的，我们应该是可以放心的，因为正义在我们这边，人民在我们这边。大家彼此都放心一些，花，自然就会慢慢开放啦。

二

在资本主义国家没进入帝国主义阶段以前,他们有一句非常豪迈的话:"我完全不同意你的看法,但是我情愿牺牲我的性命,来维护你说出这个看法的权利。"在这句话里蕴藏着他们对自己的宪法、对他们的民主传统和制度的自豪。现在,他们那宪法早已经被麦卡锡、杜勒斯那些垄断资本的走狗踩成一团烂纸了。现在,提起这句话来,那些国家的人民感到的不再是自豪,而是愤慨、讽刺和哀伤。那句豪迈的话意味着:一个人说的话对不对是一件事,他可不可以说出来是另外一件事。准不准许说不对的话是对任何民主宪法的严重考验。今天,至少英美这两个自诩为"民主的"国家,在这个考验面前早就破了产。他们资产阶级的革命先烈用鲜血换来的"大宪章",早已经被那些金融大亨、军火大王指挥下的反共大家撕成碎片了。

从《中华人民共和国政治协商会议共同纲领》到《中

华人民共和国宪法》，我们国家对于人民享有言论、著作的自由，都有明文规定。而且中华人民共和国成立以来，每个中国人都可以自豪地说，我们的政府从来也没下命令查禁过一本书。可惜我们目前还不能进一步说，每个中国人都已经有了说话和写作的自由了。

我们从1949年的半封建半殖民地的社会一下就飞跃到社会主义社会。这中间，我们在民主精神的锻炼上，不能算很多。所谓"民主精神"，应该包括能容忍你不喜欢的人，容忍你不喜欢的话。由于革命进展得很快，干部的提升有时候也与他们本身的提高难得相称。假使在掌握"民主"与"专政"的时候有些偏，轻易把"乱说"当作"乱动"来办，就会在维护宪法的名义下，干出实质上是违背宪法的事。

目前"争鸣"主要还是靠中央来号召，靠一股"运动"的空气在支撑，劲头很大，但是要持久下去，就还需要一种保证，树立一种社会风气，甚至像党中央对批评与自我批评那样制定出一条原则：不以横暴态度对待别人的看法、想法和说法是每个公民对宪法应尽的一份神圣义务。

几年来，若干有可能接近马列主义的人却疏远了，这些人自己当然要负主要责任。但是那些把马列主义神秘化，庸俗化，拿马列主义当棍子使用的教条主义者也有责任，他们逼人家对政治起反感。我相信对于大部分人来说，越是有独立思考、自由选择的可能，就越会自觉地接受马克思列宁主义，因为真理本身原是具有不可抗拒的吸引力的。

三

谈到"放心"和"容忍"，当然谁的思想里也不会包括反革命的言行。然而要保证在人民内部长期贯彻这种民主政策，就需要在不正确的见解与反革命的言论之间，严格地画一道红线，而今后的偏向和困难，可能就潜伏在这里。

在目前的初夏气候里，多年来感情上受压抑的同志们，在中央的撑腰下，得到一抒己见的机会，心情当然是豁然开朗了；而有些今天做领导工作、以后也仍然要做领导工作的同志，我估计心里可能会有"知识分子本来就不好搞，这下子就更加不好搞了"之感。其中，我还估计感觉最棘手的，是做人事及思想工作的，如机关、学校、人民团体的人事科科长们。可是我也听到不少人说：今后民主空气保证得了保证不了，作为党组织处理"人"的问题的左右手的人事部门的做法，还的确是个关键。

当"长期共存、互相监督"的政策刚提出来的时候，我听到一位民主同盟的盟员私下里说：从政治鉴定、评级评薪到领结婚登记的证明书，孩子能不能进机关的托儿所，都掌握在人事科手里，还谈什么互相监督。当然，这个说法偏，甚至歪，在感情上显然对人事部门有抵触。我们只要拥护人民民主专政，接受党的领导，就应该尊重人事部门，认识到它在机关内部的必要性和重要性。但是人事部门是不是同时也应该考虑一下今后如何改进工作的方式呢？

我知道有些非党同志干脆把人事科看作驻在机关内

部的派出所，不过今天的派出所也大大不同于以往了。中华人民共和国成立前，派出所是神秘的、恐怖的，一般人走路宁可多绕几步，也离它远远的。今天的派出所呢，南屋里正给孩子们种牛痘，北屋发着粮票布票，西屋里一位同志也许正舌敝唇焦地给人调解家庭纠纷，从早到晚，市民川流不息地来往。总之，派出所今天已经从神秘恐怖变为体现政府关怀人民的机构了。可是就我的见闻所及，有些机关团体的人事部门虽然没有恐怖，但却多少带有一些神秘味道。科里时常是一只放人事材料的保险柜（我个人的印象是：这种材料，非党的领导干部，即使对工作有好处也看不到），和一些跟大家不大往来的老干部。这种隔阂一小部分是工作上的必要（其实，我始终也不知道为什么会有这种必要），一大部分是由于经历的不同。这些老干部的优点在于单纯，而他们工作上的缺点也常常发生在这上头：他们对中国旧社会不大了解，因而对机关里的知识分子也就时常缺乏了解。轻则和一般干部互不往来，重则在文化和政治上彼此各存着轻蔑心理。

另外，还有人这样感觉：给党总支（包括中央宣传部）或是人事部门写信，时常是石沉大海，不见回音。这个滋味比挨顿棍子要难受多了，政治上得到的帮助也少得多。这自然也更增加了不健康的神秘感，它本身就形成一道完全没有门窗的墙。

自然，在全国范围来说，人事部门的工作一定还是健康的。他们非常辛苦，也做出许多成绩，一笔抹煞是不公平的；不过，在我个人有限的接触中，我感到有些人事部门的工作有缺点，而这种缺点对于解决人民内部的矛盾是弊多利少的。

比方说，一个人民团体的民盟组织在讨论吸收某一同志入盟的时候，与人事部门有联系的负责同志在介绍材料时提道：在某一国际事件发生时，有人反映这位同志曾说过一句什么不很正确的话。

那个人民团体从肃反运动中总结出一条教训：没有确凿证据，不能轻易构成嫌疑，因而也不能轻易进行追查。可是一个公务员（一个党员同志的外甥）由于某干部对他的工作提意见，他立刻倒打一耙，硬说三年前曾经连续五次看见那个干部在宿舍里有猥亵行为。人事科不问青红皂白，就派了两个人进行调查，而且调查了半年多，到现在仍然没个下文。

这个团体有个附属机构，过去一段时间那里没有党员。支部书记和掌握人事科的副秘书长（同一位同志）主要信赖机构里一个"积极分子"的一些"反映"。结果闹得内部疑神疑鬼，互不团结，并且使得群众一度跟支部对立起来。直到那个机构有了党员，并且挨到肃反后期，才发现那位"积极分子"原来并不怎么积极，然而工作上早已造成了无可弥补的损失。听说机构里一位参加工作七八年的同志已经坚决退出了革命队伍。这算不算是主观主义的做法呢？

连封建时代的法律还讲究凶杀必有凶器才能成立，我认为为了明辨是非，防止把挟嫌诬陷与真正向组织汇报情况混同起来，应该给"反映"定出一个规格来。第一，必须有某种证据或旁证才能算数，不能任何人一句话就能叫另外一个人背上黑锅。第二，不必要的拖延只有加深群众与组织之间的距离。既然调查了，有就是有，没有就是没有，不宜不了了之。第三，对于一句不正确的话，即使证实了，也只能作为一个人某一时刻的想法，不宜遽然成为跟着这个人走的"人事材料"。第四，应该承认说出来的不正确的话比不说出来的要好，它得到的待遇不应该是被暗地里记下来，而应该相机地进行帮助。只有这样，才能使内部矛盾得到解决。

我们的人民政权主要是倚靠人民的积极力量，广泛地联系群众，而不是主要倚靠少数人的"反映"。过去，有些人事部门的工作可能过分偏重于警惕的一面，对于"反映"虽不至完全听信，可也要求不苛。历次运动对显然有意捏造和挟嫌诬告者，事后似乎都没有什么惩戒。如果缺乏直接的接触，只根据少数人的认识来判断多数人的情况，就不容易避免宗派主义、主观主义的错误。

大凡用这种方法工作的人事部门，必然平时对干部成见一大堆，真正遇到肃反那样的时机，反而心中无数。事实上，由于准确的"反映"而抓到特务的事有，由于不准确的"反映"而严重地影响同志之间的团结，甚而不必要地伤害了同志，冤枉了好人的事也发生过。那时候，最陷于被动、最丧失威信的，常常正是人事部门本身。

现在大家都嚷着"拆墙"，我完全同意应该从两面拆，而且我认为负责人事和思想工作的同志在这个意义重大的工作上，可以起极大的作用。比方说，把每个干部的人事材料好好清理一下：要是还有些捕风捉影、已经证实不符事实的小条条就撕掉；属于思想作风上的缺点的，及时地通过各种方式向有关的干部进行教育；过去有些措施使干部感到困惑不解的，也尽量向他说个明白；同时，该质问干部的，除非是反革命性质，也最好当面问个清楚（这个工作在肃反审干的时候应该已经做了一些吧）。今后，让人事部门更能成为大家有冤可以申，有苦可以诉；成为不仅仅做保卫工作，同时也能解决内部矛盾、加强内部团结的地方。

要在机关内部长期、健康地展开"鸣"和"放"的工作，我认为机关里做党和人事工作的同志（常常是同样一批人）也需要进行两条战线的斗争：既要广开

"反映"之门，使歹人无法得逞，又要避免在客观效果上纵容不真实并且带个人动机、破坏团结的"反映"。这样一来，积极分子的圈子必然就会越来越大，就会有更多的同志们亲近组织，而大家也就会在互相信任的基础上，毫无忌惮地发出肺腑之言。

（1957年6月1日《人民日报》）

往事三瞥

一

语言是跟着生活走的。生活变了，有些词儿就失传了。即使是土生土长的北京人，要是年纪还不到五十，又没在像东直门那样当年的贫民窟住过，也未必说得出"倒卧"的意思。

乍看，多像陆军操典里的一种姿势。才不是呢！倒卧指的是在那苦难的年月里，特别是冬天，由于饥寒而倒毙北京街头的穷人。身上照例盖着半领破席头，等验尸官填个单子，就抬到城外乱葬岗子埋掉了事。

我上小学的时候，回家放下书包，有时会顺口说一声："今儿个（北新）桥头有个倒卧。"那就像是说"我看见树上有一只麻雀"那么习以为常。家里大人兴许会搭讪着问一声："老的还是少的？"因为席头往往不够长，只盖到饿殍的胸部，下面的脚，甚至膝盖依然露在外面，所以不难从鞋和裤腿分辨出性别和年龄。那是我最早同死亡的接触。当时小心坎上常琢磨：要是把倒卧赶快抬到热炕上暖和暖和，喂上他几口什么，说不定还会活过来呢！记得曾把这个想法说给一位长者听，回答是："多那门子事，自找倒霉——活不过来得吃人命官司，活过来你养活下去呀！"

难怪有的人一望到倒卧，就宁可绕几步走开。我一般也只是瞅上两眼，并不像有些孩子那么停下来。可是有一回我也挤在围观者中间了，因为席头里伸出的那部分从肤色到穿着（尽管破烂，而且沾着泥巴）都不同寻常。从没见过腿上有那么密而长的毛毛，他脚上那双破靴子也挺奇怪。倒卧四周已经围了一圈人。一个叼烟袋锅子的老大爷叹了口气说："咳，自个儿家不待，满世界乱撞！"

不大工夫，验尸官来了。席头一揭开，我怔住了。这不正是我在东直门大街上常碰见的那个"大鼻子"吗？——枯瘦的脸，隆起的颧骨，深陷的眼眶，脖子上挂根链子，下面垂着个十字架。那件绛色破上衣的肘部磨出个大窟窿，露着肉，腰间缠着根烂糟糟的绳子。

验尸官边填单子边念叨着："姓名——无；国籍——无；亲属——无。"接着，两个汉子就把尸首吊在穿心杠上，朝门脸抬去。

那时候我只知道"大鼻子"就是"老毛子"，对他的来由却一无所知。

后来才明白：十月革命一声炮响，沙皇的那些王公贵族夹着细软纷纷逃到巴黎或维也纳去当寓公了，他们的司阍、园丁、厨子和奴仆糊里糊涂地也逃了出来。

有些穷白俄就徒步穿过白茫茫的西伯利亚流落到中国,到了北京。由于东直门城根那时有一座蒜头式的东正教堂,有一簇举着蜡烛诵经的洋和尚,它就成了这些穷白俄的麦加。刚来时,肩上还搭着块挂毡什么的向路人兜售;渐渐地坐吃山空,就乞讨起来。这个"大鼻子"就是他们中间的一个。

我最后一次见到"大鼻子"是在那两天之前的黎明,在羊管胡同的粥厂前面。像往日一样,天还漆黑我就给从热被窝里硬拽出来。屋子冷得像北极,被窝就像支在冰川上的一顶帐篷,难怪越是往外拽,我越是往里钻。可是多去一口子就多打一盆子粥,终于还得爬起来,胡乱穿上衣裳。

那时候胡同里没路灯。于是就摸着黑,嚓嚓嚓地朝粥厂走去。那一带靠打粥来贴补的人家有的是,黑咕隆咚的,脚底下又滑,一路上只听见盆碗磕碰的响声。

粥厂在羊管胡同一块敞地的左端。我同家人一道各夹着个盆子站在队伍里。队伍已经老长了,可粥厂两扇大门还紧闭着,要等天亮才开。

一九二一年冬天的北京，寒风冷得能把鼻涕眼泪都冻成冰，衣不蔽体的人们一个个跺着脚，搓着手，嘴里嘶嘶着；老的不住声地咳嗽，小的冷得哽咽起来。

最担心的是队伍长了。因为粥反正只那么多，放粥的一见人多，就一个劲儿往里兑水。随着天色由漆黑变成暗灰，不断有人回过头来看看后尾儿有多长。

就在两天前的拂晓，我听到后边吵嚷起来了。"大鼻子混进来啦！中国人还不够打的，你滚出去！"接着又听到一个声音："让老头子排着吧，我宁可少喝一勺。"

吵呀吵呀。吵可能也是一种取暖的办法。

天亮了，粥厂的大门打开了。人们热切地朝前移动。这时，我回过头来，看到"大鼻子"垂着脑袋，夹了个食盒，依依不舍地从队伍里退出来，朝东正教堂的方向踱去。他边走边用袖子擦着鼻涕眼泪，时而朝我们望望，眼神里有妒嫉，有怨忿，说不定也有悔恨……

1979年5月23日《人民日报》载《往事三瞥》

二

一九三九年九月初。

法国邮轮"让·拉博德"号在新加坡停泊两个小时加完水之后,就开始了它横渡印度洋六千海里的漫长航程。离赤道那么近,阳光是烫人的。海面像一匹无边无际的蓝绸子,闪着银色的光亮。时而飞鱼成群,绕着船头展翅嬉戏。

船是在欧战爆发的前一天从九龙启碇的。多一半乘客都因眼看欧洲要打大仗而退了票。"阿拉米斯"号开到西贡就被法国海军征用了。这条船从新埠开出后,三等舱乘客就只剩下我、一位在阿姆斯特丹中国餐馆当厨师的山东人和一个亚麻色头发、满脸雀斑的小伙子。餐厅为了省事,就让我们也到头等舱去用饭。

在我心目中,一艘豪华邮轮的餐厅理应充满欢快的气氛。侍者砰砰开着香槟酒,桌面上摆满佳肴和各色果品。随着悦耳的乐声,男女乘客像蝴蝶般地翩然起舞。

乘客中间如有女高音，说不定还会即席唱起她的拿手名曲。

很失望，这是一条阴沉的船，船上载的净是些愁眉苦脸的人。在餐桌上，他们有时好像不知道刀叉下面是猪肝还是牛排，因为他们全神几乎都贯注在扩音器上，竖起耳朵倾听着他们的母亲法兰西的战斗部署：巴黎实行灯火管制了，征兵的条例公布了——是的，对大部分男乘客来说这是切肤的事，因为船一靠码头，他们就得分头去报到，然后换上军装，进入马奇诺防线了。女乘客也有自己的苦恼：得忍受空袭、物资的短缺，守着空帏去等待那不可知的命运。他们的眼睛是直呆呆的，心神是恍惚的。一位女乘客碰了丈夫的臂肘一下，说："亲爱的，那是胡椒面！"他正要把小瓶瓶当作糖往咖啡杯里倒。

正因为大家这么忧容满面，就更显出三等舱里那个有雀斑的小伙子与众不同了。他年纪在二十岁左右，是个最合兵役标准的青年。可他成天吹着口哨，进了餐厅就抢着那瓶波尔多喝个不停。酒一喝光，他就兴奋地招呼侍者"添酒啊！"船上虽然没举办舞会，他却总是在跳着探戈。

每天早晨九点，全船要举行一次"遇难演习"。哨子一吹，乘客就拿着救生圈到甲板上指定的地点去排队，把救生圈套在脖颈上，作登上救生艇的准备。我笨手笨脚，小伙子常帮我一把。因为熟了一些，一天我就说："这条船上的乘客都闷闷不乐，就只有你一个这么欢蹦乱跳。"

"是啊，"他沉思了一下，朝印度洋啐了口吐沫说，"他们都怕去打仗。我可巴不得打起来。我天天盼！从希特勒一开进捷克就盼起。唉，（他得意地尖笑了一声）可给我盼到了。"

我真以为是在同一个恶魔谈话哩，就带点严峻的口气责问他为什么喜欢打仗。

"你知道吗？我是个无国籍的人，"他接着又重复一遍，"无国籍。我妈妈是个白俄舞女，（随说随在胸前画了个十字）她可能已不在人世了。我爸爸吗？（他猴子般地耸了耸肩头，然后摊开双手）不知道。他也许是个美国水兵,也许是个挪威商人。反正我是无国籍。现在我要变成一个有国籍的人。"

"怎么变法?"他肯于这么推心置腹,我感动了,于是对他也同情起来。

"平常时期?没门儿。可是如今一打仗,法国缺男人。他们得招雇佣兵。所以(他用一条腿做了个天鹅独舞的姿势)我的运气就来了。船一到马赛,我就去报名。"

我望着印渡洋上的万顷波涛,摹想着他——一个无国籍的青年,戴着钢盔,蹲在潮湿的马奇诺战壕里,守候着。要是征求敢死队,他准头一个去报名,争取立个功。

然而踏在他脚下的并不是他的国土,法兰西不是他的祖国。他是个没有祖国的人……

三

一九四九年初,我站在生命的一个大十字路口上,做出了决定自己和一家命运的选择。

其实，头一年这个选择早已做了。一九四八年的夏天，剑桥给我来了一封信说：大学要成立中文系，要我去讲中国现代文学课。当时我已参加了作为报纸起义前奏的学习会，政治上从一团漆黑开始望到了一线曙光。同时，在国外漂泊了七年，我实在不想再出去了，在杨刚的鼓励下，就写信回绝了。

一九四九年三月的一天，我正在九龙花墟道寓所里改着《中国文摘》的稿子，忽然听到一阵叩门声。哎呀，剑桥的何伦教授气喘吁吁地来了。他握住我的手解释说，是报馆给的地址。然后他坐下来，呷了一口茶，才告诉我他这次到香港负有两项使命：一个是替大学采购一批中文书籍——他是位连鲁迅的名字也没听说过的《诗经》专家；另一项是"亲自把你同你们一家接到剑桥"，口气里像是很有把握。他认为我那封回绝的信不能算数，因为那时"中国"（他指的是白色的中国）还没陷到今天的"危境"（指的是平津战役后国民党败溃的局面）。他估计我会重新考虑整个问题。

在剑桥那几年，这位入了英籍的捷克汉学家对我一直很友好，我常去他家吃茶，还同他度过一个圣诞夜。他一边切着二十磅重的火鸡，一边谈着《诗经》里"之"字的用法。饭后，他那位曾经是柏林歌剧院名演员的夫人自己弹着钢琴就唱了起来。在她的指引下，我迷上了西洋古典音乐。

可是当时他所说的"危境"，正是我及全体中国人民所渴望着的黎明。我坦率地告诉他说，我是个土生土长的中国人，中国在重生，我不能在这样的时刻走开。

两天后，这位最怕爬楼梯的老教授又来了。他一坐下就声明这回不是代表大学，而是以一个对共产党有些"了解"的老朋友来对我进行一些规劝。他讲的大都是战后中欧的一些事情：马萨里克死得"不明不白"啦，匈牙利又出了主教叛国案啦。总之，他认为在西方学习过、工作过的人，在共产党政权下没有好下场。他甚至哆哆嗦嗦地伸出食指声音颤抖地说："知识分子同共产党的蜜月长不了，长不了。"随说随戏剧性地站了起来，看了看腕上的表说："我后天飞伦敦。明天这时候我再来——听你的回话。"他对于我说的"我不会改变主意"的声明概不理睬，只伸出个毛茸茸的指头，逗了一下摇篮里的娃娃说："为了他，你也不能不好好考虑一下。"

西方只有一个何伦，东方的何伦却不止一个。有的给我送来杜勒斯乃兄写的一部《斯大林传》，还特别向我推荐一九三五年肃反的那章。有的毛遂自荐当起参谋："上策嘛，还是接下剑桥这个聘书。中策？要求暂时留在香港工作，那样既可以保持现在的生活方式，受到一定的礼遇，又可以静观一下。反正这么进去太冒失了。进去容易出来难哪！别看这里的大党员眼下同你老兄长老兄短，进去之后人家当了大官儿，你当个普通干部的时候再瞧吧。有老朋友了解你？到时候越是老朋友越得多来上几句。冲你这个燕京毕业，在国外待了七年，不把你打成间谍特务，也得骂你一通洋奴。委屈吗？不会让你像季米特洛夫那样当庭慷慨激昂地讲一番的，碰上了德雷菲斯那样的案子，也不会出来个左拉替你大声疾呼的。……"

睡眠有时是位很爱拿架子的客人，心事有如门栓，有它横在门槛上，想合眼入睡是妄想。即便合上眼，也仍像坐在电影院的池座中心：黑白的，朦胧带点彩色的，一幕幕闪个不停。一下子是挟了饭盒的那个"大鼻子"的背影，一下子是一领破席头下面伸出的一双泥污的脚，时而又冒出个满脸雀斑的小伙子，跳跳窜窜。心坎上还好像托着个自动化的算盘，算珠老是在一处打转转，万一有一天人家自己的粥还不够喝的呢……

天亮了，窗外青山抹上一层赭色。摇篮里的娃娃似乎也在做着噩梦，他无缘无故地在那里抽噎着。

我坐了起来，头脑清醒了些后，我去马宝道了。临走，给何伦教授留了封短札："十分抱歉，报馆有急事，不能如约等候。更抱歉的是，白白害你跑了三趟。正是为了这个娃娃，我不能改变主意。"

八月底的一天，我把行李集中到预先指定的地点，一家人就登上"华安轮"，随地下党员经青岛来到开国前夕的北京。

三十个寒暑过去了。这的确是不平静也是不平凡的三十年。在最绝望的时刻，我从没后悔过自己的生命在那个大十字路口上所迈的方向。今天,只觉得基础比那时深厚了些,想法也积极了些——不只是怕流落在外,而是要把自己投入祖国重生这一伟大事业中。

(1979年5月23日《人民日报》)

美国点滴

一、差距

在美国，即便是中等城市，给自己的汽车找个合法栖所也不是容易事。好几次，汽车明明已经开到要去的剧院或旅馆门前，只是由于车场没有空位，朋友只好眼睁睁地开过去，然后焦灼地围着这地方转，直到为汽车寻着一席之地，才好下车。

可是那天开进德梅因市中心时，情形大不一般，足有半个足球场那么长一块空地，却一辆汽车也没有。

朋友像中了头彩那么高兴。他灭了火，正要打开车门，交通警过来了。他挥了挥手，蹙着眉头说："这儿停不得呀！"朋友问："为什么？"交通警指了指空场尽头一座二十来层的灰色建筑物说，再过两个小时它就不存在了——那时是十一点半。

我们只好另外找地方停了车，才去赴宴。

多巧，宴会厅正对着那座灰楼。

一点钟左右，我们吃完甜食，只见空场两边人行道上已经聚拢了一簇簇路人，都驻足望着那幢即将消失的建筑物。一时，空地俨然成了刑场，高楼宛如一名待上绞架的犯人。骑了摩托车的交通警开始沿着白色安全线巡逻起来，特别约束着好奇的娃娃们。

灰楼两边的市廛还在若无其事地照常营业着。

我边呷着咖啡，边盯着腕上的表针。同来赴宴的宾客们议论开了。有的追溯那座楼的历史，有的讲起"定向内爆"的科学原理，何以一块砖头也飞不出圈去。这时，灰楼里边自然早已空无一物了，全座楼的窗玻璃却都整整齐齐。围观的人们在那里指东画西。我们个个则在庆幸着：多巧，宴会厅坐落在这奇景的正前方，相当于电影院中央的前七八排。

一点一刻，摩托车巡逻得更加紧了。灰楼前面一片沉寂。电子表的秒针在人们手腕上有节奏地跳跃着：1：20……1：25……1：29。当分针指到1：30时，只见——因为并没有我所预料的一声震天巨响，只有一声深沉的震响——那座灰楼的每块砖好像同时都裂了缝，驯顺地、有条不紊地在我们面前酥了，散了，瘫了下来。紧跟着一股蘑菇云就遮天蔽日地朝半空滚滚升起，活像银幕上的世界末日。十来分钟后，尘埃落尽，躺在那里的只剩高高一堆废墟。

据说那废墟不要几天就会消失，因为从拆旧楼到建成新楼，期限都是严格规定的，迟误要按日罚款。

八月底过广州时，住所旁边正在拆一座三层楼房。一月上旬回来时，已经拆到基础部分了。一位叼了烟斗的老师傅带领五六个小伙子在拆,工具是两把十字镐。

抡十字镐确实是力气活儿。地基是砖石同混凝土的结合体,顽强极了。看那穿蓝色运动衣的小伙子双手把镐举到半空,然后使出吃奶的力气朝下猛砸。一镐下去凿不多深,迸起的渣屑兴许还会擦破同伴的眼皮呢……

联想到在美国机场、公寓、街上所见过、使用过的一些用电子或激光控制的自动化设备,我不禁出了一身冷汗。

二、枣核

动身之前,旧时一位同窗写来封航信,再三托付我为他带几颗"生枣核"。东西倒不占分量,可是用途却很蹊跷。

从费城出发前,我们就通了电话。一下车,他已经在站上等了。掐指一算,分手快有半个世纪了,现在都已是风烛残年。

拥抱之后,他就殷切地问我:"带来了吗?"我赶快从手提包里掏出那几颗枣核。他托在掌心,像比珍珠玛瑙还贵重。

他当年那股调皮劲显然还没改。当我问起枣核的用途时,他一面往衣兜里揣,一面故弄玄虚地说:"等会儿你就明白啦。"

那真是座美丽的山城,汽车开去,一路坡上坡下满是一片嫣红。倘若在中国,这里一定会有枫城之称。过了几个山坳,他朝枫树丛中一座三层小楼指了指说:"喏,到了。"汽车拐进草坪,离车库还有三四米,车门就像认识主人似的自动掀启。

朋友有点不好意思地解释说,买这座大房子时,孩子们还上着学,如今都成家立业了。学生物化学的老伴儿在一家研究所里搞营养试验。

把我安顿在二楼临湖的一个房间后,他就领我去踏访他的后花园。地方不大,布置得却精致匀称。我们在靠篱笆的一张白色长凳上坐下,他劈头就问我:觉不觉得这花园有点家乡味道?经他指点,我留意到台阶两旁是他手栽的两株垂杨柳,草坪中央有个睡莲池。

他感慨良深地对我说:"栽垂柳的时候,我那个小子才五岁。如今在一条核潜艇上当总机械长了。姑娘在哈佛教书。家庭和事业都如意,各种新式设备也都有了,可我心上总像是缺点什么。也许是没出息,怎么年纪越大,思乡越切。我现在可充分体会出游子的心境了。我想厂甸,想隆福寺。这里一过圣诞,我就想旧历年。近来,我老是想总布胡同院里那棵枣树,所以才托你带几颗种子,试种一下。"

接着,他又指着花园一角堆起的一座假山石说:"你相信吗?那是我开车到几十里以外,一块块亲手挑选,论公斤买下,然后用汽车拉回来的。那是我们家的'北海'。"

说到这里,我们两人都不约而同地站了起来。穿过草坪旁用卵石铺成的小径,走到"北海"跟前。真是个细心人呢,他在上面还嵌了一所泥制的小凉亭,一座红庙,顶上还有尊白塔。朋友解释说,都是从旧金山唐人街买来的。

他告诉我，时常在月夜，他同老伴儿并肩坐在这长凳上，追忆起当年在北海泛舟的日子。睡莲的清香迎风扑来，眼前仿佛就闪出一片荷塘佳色。

改了国籍，不等于就改了民族感情，而且没有一个民族像我们这么依恋故土的。

三、疑窦

倘若把这个农业州的艾奥瓦城比作人的话，应该说它是一位正襟危坐的"老古板"——也就是说，它一点也不轻佻。这里几乎处于半禁酒状态。超级市场上只有度数很低的啤酒供应，休想买到一滴烈性酒。星期天打开电视，从早到晚，随便哪个频道都在虔诚地传着福音。犯罪率很高的芝加哥虽然近在咫尺，这里却像是清教徒的故乡。

我是个惯于迷路的人。住进艾奥瓦城的五月花公寓之后，我总想看到一张标明这座小城里纵横交错街道的地图。一天走出电梯，看到大厅布告牌上赫然贴出一张这样的地图，上面还密密麻麻画了许多黑点，远看酷似围棋谱。

仔细端详，这张地图原来是本城"强奸受害者协会"绘制的，上面标志着一年来市区发生过强奸事件的地点：大黑点中央有五角白星的，代表已遂案件；没有白星的，代表种种猥亵行为。地图旁边有十几点受害者"须知"，如为了便于进行法律讼诉，如何保留证据等等。

这个居民自动组织起来的协会日夜均有义务人员负责接待，并保证接到电话立即派人前往救援。协会除备有电影及录像供学校及团体借用外，还开设了"自卫训练班"，专门向妇女们传授护身拳术。

在另一栏里，是受害者来信（当然略去姓名）的摘录。一个十四岁的女孩谈到一个男人夜晚怎样假装护送她回家，"中途他忽然变成了恶魔"。一个31岁的妇女叙述她工作地点的上司对她的秽行。一个65岁的老太婆在信里这么写道："我一辈子先是为我的女儿担心，后来为我的孙女担心。但是我万万也没料到这种事会落到我自己的头上……"

望着那招贴牌，我一方面钦佩美国妇女急公好义的精神和周密的组织能力，钦佩她们对这种伤天害理的暴行所做的坚决斗争；另一方面心里又不禁产生一种疑窦：几乎所有较大城市都有一条像旧金山百老汇那样的大街，那里兜售着淫书、淫画和淫器，昼夜不停地放映着色情电影；中等城市还有用"丹麦图书馆"那样文雅字号开的春宫电影院（美其名曰"成人电影院"），可以说是在不遗余力地宣扬、纵容，甚至教唆色情狂。一方面听任洪水泛滥，可另一方面，又让几只瘦弱拳头去堵口子，这是何苦来？

这样的"自由"，我实在不羡慕。

四、面向顾客

从旧金山动身回国之前，朋友劝我说，倘若你拿不准行期，倒不妨先向公司预订两个日子。我问，那岂不多花一笔预订费？他说，预订不收费。预订了，公司就有义务给你准备座位，但乘客并不是非搭乘不可。

顾客同售货员之间的矛盾，往往发生在一个"挑"字上：一方希望拣自己合适的挑；另一方则怕挑，讨厌挑，因为一挑就增添劳动，甚至造成管理上的困难。

比起一九四五年我所见到的美国，这个国家的变化真不小，其中之一是超级市场的出现。它消除了顾客与售货员之间的矛盾。

一进市场大门，拉过一辆铝制的轻便小货车，你就开始了在三四个篮球场那么大的"商品世界"里的旅行。要是食品市场，堆积如山的水果蔬菜任你挑选，瓜随你拍，苹果桃李任你拣。走到肉类部，一盒盒用塑料薄膜裹着，标明价码的鸡鸭牛羊肉，切成块块，任凭精细的主妇们去挑肥拣瘦。要是百货，鞋袜衣帽随你试穿，领带牙刷任你挑选。你尽可以在里边漫步半日，一件不买，也不会有人责怪一声。更难得的是，买回家去，只要收款单在，随时可以退掉。朋友的女儿告诉我，有一回她买了一汽车的东西；过几天家庭计划有了变化，又整车拉了回去。售货员照收照退，毫无难色。

尤其令我羡慕的是图书馆。在美国，我参观了东西岸及中部十几家大学的图书馆。在费城，还在市立公共图书馆盘桓了大半天。相形之下，咱们有些图书馆理应改名为藏书楼，因为在管理上，它主要立足于"安全保管"，至于使用者的便利，那就在其次了。

那里，读者可以自由进出书库。试想，一个主妇上街买菜，尚且要挑那肥嫩中吃的；书的内容就更有可讲究的了。有时乍看书名，觉得很合用；及至借到手，却同自己所要的南辕北辙。谁不曾有过这种不愉快的经验：查卡片，填表格，花了大半天时间，借到的书却用不上。退回去？那是自找训斥。即便出纳员有那种雅量，不又得花半天时间，而且依然毫无把握？！

还有是编目。编目工作可粗可细。粗的，一书两卡（书名作者），那实际上是登记。当我在一家美国大学图书馆的分类卡片里翻看关于亨利·菲尔丁的著作时，不但有关菲尔丁的各种专著一览无余，而且还包括了所有涉及菲尔丁的文学史以至文人札记的"交叉卡"，并一一标出页码。这样，卡片箱就成了读者的耐心而渊博的向导。

"可是也不能听任书籍丢失呀!"对,但也绝不能为了防止个别雅贼,就捆起大多数读者的手脚。

美国图书馆不因噎废食。有的在出口检查书包,有的根本不用检查:谁要偷一本书,跨过"铁十字"的时候,红灯就会亮起来,要么警铃就响了。这可要靠电子的本事了。

至于还书,那里根本不用排队,甚至不用进馆。还者只消把书放进大厅里一个洞口,借书的纪录就自会注销了。

五、上与下

朋友说,她妹妹听说是北京来的客人,诚心诚意要请我们去吃顿饭,不去她会难过的。于是就由她开车陪我们去了。

一路上举目都是熟透了的玉米,迎风摆动,等待收割。穿过一片幽林,就来到一座座围成马蹄形的两层楼房,颇像英国贵族在温泉胜地巴斯修建的那种雅静住宅。原来每幢楼都分成各自独立的公寓房，朋友领我们进了其中的一套。

把衣帽挂在门道的衣架上后，就走进一个长方形的宽大房间，一端是客厅，圆桌三面都是沙发，靠墙有一架钢琴。另一端是餐厅，隔着一段短墙就是厨房。卧室两间，贮藏室一间。浴室里，澡盆上头装有淋浴设备。

饭后喝咖啡时，不知怎么就扯到房租上了。女主人告诉我，这么宽绰一套住宅，租金却同我在五月花公寓的不相上下。我正在纳闷，朋友用羡慕的口气向我解释说，这种便宜事可轮不到她。这是政府出钱盖的房，只有收入低于××元（具体数字记不清了）的家庭才能申请呢。她妹妹嘴也不饶人，说福利本来应该从底层开始嘛。

接着又谈起子女教育问题。女主人指着初中生的儿子和还在上小学的女儿说，中小学是义务教育，家里基本上只管吃住，不交学费。将来上不上大学，那就看他们的本事啦。考上奖学金，或者找到工读的机会，就去深造；不然，就工作去吧。大学可供不起。好家伙！

名牌大学一年一万块也下不来。

随后,她问起我家的情况。我告诉她,幼儿园以至中小学,都得交保育费、学费。一上大学倒省了。老三念师大本科,不但不收学费,还供膳宿。老大带着工资念研究院。

孩子们听了拍起手来,说还是中国的办法好。那个做妈妈的噘嘴说,中小学交学费,我可吃不消!

我笑了笑说,国情不同,办法只好各异了。

美国社会生活是够乱的。吸毒、乱婚等等,人们好像可以为所欲为。然而从政者看来却没那么自在。报纸揭起老底儿总是从上头开刀,而且没完没了。那里,每4年必打一次"派仗"。平时,力求轰动的舆论界对于不见经传的彼得、约翰并不么感兴趣。可是水门事件至今余波未已。离1980年大选还差一年呢,揭老底儿就已开始了。10月间,卡特总统任命哈米尔顿·卓顿为白宫总管。还没上任,就有人出来弹劾了,说1978年某月某日有人亲眼看见卓顿吸过一次毒品。还有人要求调查卡特乃兄经营花生的账目。关于同卡特竞选的爱德华·肯尼迪，报上则揭出一件丑闻：几年前他驾车不慎，坠入河中，淹死了车里他的女秘书。又有人检举他在大学考试时作过弊，还有人控告他有逃税行为，等等。

当然，这些的背后动机不外乎职位的角逐，报纸的积极性也不过是来自销路的追求，然而对于从政者却也不期然而然地起了些警戒作用。

六、制约

安眠药和心得宁眼看快用光了，想请朋友托位熟医生给开个方子买点。他说："哦，那可不行。没经过门诊，谁敢开！好家伙，查出来就会吊销他的医生执照。懂吗？破坏点规章制度，这儿可罚得凶哩。"

可不，从旧金山通往蒂尔伯恩的公路上有个吓人的招贴：扔垃圾者罚款500元。我心里一核计，够二级工一年挣的了。

艾奥瓦州每年冬天必下大雪，往往达数尺之厚。扫雪可是件浩大工程。然而靠推雪机的帮助，家家户户门前都扫个精光，还铺了沙子；而且随下随扫，绝不积存。原来这个中西部的农业州有一条法律：任何人（例如邮差或送奶的）要是在谁家门前滑个跟头，摔伤了，医药费全部由那个户主负担。

最容易挨罚的算是交通问题了。

同1945年相比，美国的另一显著变化是：火车不再是交通命脉了，铁路大部分都已拆掉。无论从能源危机还是从环境污染来说，看来这都是失策。现在全国汽车成亿。公路设计师用高架或隧道，尽量让汽车单线行驶。从空中看，纵横交错的公路像蜘蛛网。在美国不需成年，16岁就可以考驾驶执照。

那120天里，我们坐了不止1000英里的汽车，然而不但自己没遇过一次事故，也没看见一桩——只见过一辆汽车在高速公路上停下来，但那也许是机器出了故障。

据说，关于汽车驾驶和停车等规章制度，定得可周密具体了。在什么条件下才可以超车，什么地点才可以停车，以及违章的罚金，全有明文规定。考执照不仅仅考驾驶技术，还得把规章制度背得滚瓜烂熟。高速公路上不仅对最快车速做了限制，也有个最慢的限度。公路上不大看见交通警的摩托车，监视工作主要靠电视。那里的汽车不论是什么牌子的，都不显示车主的地位身份。触犯规章，掏名片是不管用的。

制约主要来自立法，但是还有个无形的制约力量，那就是社会风尚。以吐痰为例，这么做在美国究竟罚多少钱，不清楚——在香港是每口两元。走在华盛顿的宾夕法尼亚街上，我忽然给自己来了个心理测验，自问敢不敢吐上它一口。我鼓不起那勇气：一是因为街道光洁明净，吐上去太显眼；二是周围有这么一股气氛，仿佛这就是文明与野蛮的界限。

看来立点"法"还容易，培养这种风尚却不是一朝一夕之功。"四人帮"干得彻底，他们把两种制约力量都给毁掉了。

七、大课堂

走进博物馆,不是看最新发明,就是看老古董。芝加哥的科学工业馆却巧妙地把过去、现在同未来的远景结合了起来。

这里,同最先进的登月艇和气垫船并列的,是1917年的双翼飞机、19世纪的汽船,以至1893年创过世界纪录的火车头。观众忽然走进一条芝加哥古老的街道:用砖铺成的坎坷不平的窄巷旁边,竖着昏暗的瓦斯灯。一排单间门面、小本经营的店铺就是本世纪初的繁华中心。街旁还停了两辆福特早期的那种笨重的敞篷汽车。对照起今天摩天楼林立的芝加哥,观众心目中就呈现出历史的进程,激发了对明天的信心。

博物馆里最习见的布告是"请勿动手",而这里,有些模型允许观众走进去,有的还可以用手操纵。当我直着腰跨进那16英尺高的心脏模型时,两个娃娃正在左右心房玩着捉迷藏。抚摸着那隆起的红色冠状动脉，我对心脏的"唧筒"作用有了更清楚的认识。在水利部分，一批小观众正在拉着把手开启堤坝的闸门。更具吸引力的是那台巨大的孵卵箱。孩子们屏息凝神地望着大玻璃罩下，从鸡蛋里面先后破壳蹦出的一只只小雏鸡儿。展览馆就是用这些引人入胜的方式，把观众带到声学、力学以至十分抽象的数学世界里去。

这里，人们可以从最原始的耕耘看到靠电子计算机操作的农业；从遮天蔽日的森林，看到木材的伐锯、运输、加工的全过程。馆里还有座矿井，坐升降机下井之后，有矿工表演最现代化的掘煤技术。

实物总是比模型更吸引人。

1944年6月，第二战场开辟的前夕，美国舰队在西非海岸"活捉"了纳粹德国的潜艇U—505号，并从艇上搜到纳粹海上指挥的密码，从而保证了诺曼底的安全登陆。10年后，这条252英尺长、22英尺宽、1000吨重的战利品，成为这个馆最引人注目的陈列品了。

我随一帮学童从艇尾鱼雷室走进，穿过它的主舱，来到引擎室。一位黑人解说员逐一地介绍了舱里的复杂机件，然后穿过卧具齐全的船员寝室和燃料库，来到全艇神经枢纽的操纵间。孩子们争先恐后地从指挥塔的潜望镜里瞭望碧波万顷的密歇根湖。

从孩子们的交谈和他们对解说员的发问中，我感到这艘Ｕ—505在起着双重的教育作用。它既能激发儿童们的爱国主义思想（"是咱们海军俘获的！"），又用实物向他们介绍了国防科学的知识。一个孩子小声对他的同伴说："将来你待在引擎间，我去放鱼雷好不？"

搞"四化"当然先要从学校教育着手。看来像博物馆这类社会教育的媒介，也不宜忽视。学校有学龄的限制，这个大课堂却还能容纳抱在怀里的娃娃，扶拐杖、坐轮椅的老人。

八、萌芽

那天，纽约林肯中心的音乐厅俨然成了少年宫。坐在我这中国老头儿附近的，都是些节日打扮的少男少女。举目四瞩，场内稀稀拉拉也还有几位家长。

这时，我前边的两个娃娃正出神地翻看着夹在节目单里的附页：上端是莫扎特5岁时所写曲谱的手迹，这处女作旁边一行小字是他父亲批的一段嘉奖的话；下端是一幅蚀刻，用小手弹着钢琴的是7岁的莫扎特，站在他身后拉提琴的是他父亲，倚在琴旁捧着曲谱唱着的是他的姐姐。这张附页显然是对爱好音乐的少年们的一种鼓励，也旨在启发和鞭策家长们。

纽约交响乐团的演奏家们陆续各就各位了。铃声一响，孟买出生、国际闻名的指挥朱宾·梅塔和音乐会主持人、纽约市歌剧院院长、著名歌剧演员贝弗里·西尔丝联袂登场了。节目是由莫扎特6岁时所谱的降E大调第一交响乐开始的。3个乐章奏完之后，西尔丝就富有风趣地对小观众们讲起有关的音乐史话了。当时德国有位音乐评论家曾预言莫扎特将闻名全世界。随后她问台下："预言应了没有？"小家伙们扯开了喉咙嚷："应了！"西尔丝笑了笑说："谁要是像200年前的莫扎特那么勤奋，他也将驰名全世界。"

该演奏贝多芬的降B大调第二钢琴协奏曲了。梅塔从后台挽着一位穿了黑色礼服的小独奏演员出场了。这个有着东欧名字（古斯塔夫·罗摩洛）的娃娃走到台前，毕恭毕敬地向观众鞠了躬，又握了一下梅塔的手，然后屏息坐到钢琴凳上。他指法纯熟，同乐队配合得天衣无缝。观众鼓掌时，他拽住梅塔的手，执意要和他一道接受台下的喝彩。

西尔丝这时又把小罗摩洛拉到麦克风前，问他："今年几岁？"回答是："9岁。"又问他每天练习几个小时，回答是："平时4小时，假日7小时。"于是，西尔丝转身问台下的小朋友："每天练4小时的举手。"（人数不多）"3个小时的？""两个小时的？"她说："小罗摩洛的成就是靠勤学苦练取得的。对吗？"台下又是一片"对"声。

第三个节目（鲍凯里尼的降B大调大提琴协奏曲）的独奏演员叫张雨亭。这个才7岁的中国男孩拉的虽然是把童用的大提琴，却仍高出他半头。他拉得沉着有力，娓娓动听。台下喝彩时，他不但挽了梅塔的手，并且邀首席小提琴手同他分享这份荣誉。西尔丝除了问他练习的情况,还让他谈谈开头是怎样对这乐器产生兴趣的。

最后一个节目的独奏演员是12岁的韩国姑娘,演奏的是柴可夫斯基的降B小调第一钢琴协奏曲中难度颇大的第三乐章(快板)。这个娴静文雅的女孩弹奏起来,时而潇洒,时而激昂;琴音时而如雨打芭蕉,时而珠玉成串,真是变化万端。

谢幕时,西尔丝发现同这位小演员谈话不那么便当了。她不但羞涩,而且来美国还不到一年,英语说得结结巴巴。然而乖巧的西尔丝却利用这种特殊情况,使得台上的对话更饶风趣。

即便对成年音乐家来说,到林肯中心在纽约交响乐团伴奏下去独奏,也是梦寐以求的荣誉。这些小音乐家们(不分种族肤色)要艰苦地通过层层选拔赛,才能攀登这个高峰。美国就是这样培养他们未来的音乐家的,而名指挥、名歌唱家也是满怀热情地参与此项意义重大的工作的。

九、河上笛手

马克·吐温在《密西西比河上的生涯》里,把这条发源于落基山、注入墨西哥湾的大江比作一本书。"它不是那种读一遍就可以丢开的书,因为每天它都告诉我一个新的故事。"9月18日的黄昏,我就在河上听到一个耐人寻味的故事。

游艇共两层。开船后,上层甲板坐了不少人:有的倚着船舷对夕阳出神,有的守望着舵轮旋转时溅起的浪花。过一阵,河面秋风渐起,这些从世界各地前来参加艾奥瓦国际写作中心的作家们就相继到下层甲板上去了。那里,一端是酒吧和冷餐厅,另一端是舞池。乐队奏得很起劲,兴致高的就纷纷起舞了。

忽然,写作中心的主持人聂华苓站到乐队前面宣布:现在请从纽约赶来的一位青年民族音乐家独奏。接着,这个30左右、颧骨略微隆起、双眼炯炯发光的青年,就向大家鞠了个躬,然后吹起一支欢快活泼的广东曲子。

这时，旁边有人小声向我介绍说，这个青年原是一名中国红卫兵，如今在纽约开出租汽车，吹笛子是他的副业。登时，我的兴趣就从对那曲调的欣赏转到他的经历上了。待他拉完二胡谢了场，一种老报人的本能就驱使我凑近他。攀谈几句之后，我们就溜到空无一人的上层甲板了。

他很爽快地告诉我，他原是广州音乐学院的学生。"文化大革命"掀起后，他出于革命热情，确实当上了红卫兵，后来还被推为一个革命组织的头头。可是1969年的一天，正当派性大为发作的时候，对立面贴出一张大字报，硬说他那当了一辈子木匠的爸爸是"历史反革命"。他明白实际上揪的是他本人。眼看就要来抄家抓人了，他们父子商量了一阵之后，他就决定泅水逃往香港。他在冰冷刺骨的水里凫了五六个钟头，游到岸上的时候已经失去知觉。醒来发现是在拘留所里。释放时，里边有个难友塞给他几张港钞，他就用那钱买了支笛子。不久，居然成了香港的民族音乐家。几年前，他又随一个香港演出团体来到纽约，并且定居下来。眼下他平时开出租汽车,有时也被请去吹笛子。

"先生,我可是地地道道的中国人啊,"他紧紧拉住我的手说,"我的爸爸现在还住在台山。中国是我的母亲。我不甘心在外边这么流浪下去。我死也要死在中国的土地上……"

他的肩摇动着,哭湿了我两条手绢。

忽然,我轻轻托了他的下巴问道:"倘若我能带你回去,你跟我走吗?"

这下他愣住了。他一边抽噎,一边在寻思。过了好一阵子他才摇头对我说:"不成啊。我正在申请美国国籍。联邦调查局已经找我谈过两次话了。等我拿到美国国籍,我随时都可以回去。"

"那为什么呢?"我问他。

又沉吟了好一阵子,他才回答说:"我不放心。万一……万一再来一场呢?"

在船靠岸之前,他又吹了一次笛子,吹的大概还是广东曲子。只记得它声调悲凉,如泣如诉,流露出一种烦乱不安的心境。

十、桥梁

在圣迭耶戈一次家宴上,女主人指着生菜里的西红柿片骄傲地对我说,这可是我弟弟的"发明"。我听了有些莫名其妙,她朝坐在我身旁的一位朴实文静的年轻人努了努嘴,示意要他讲给我听。

扭捏了一阵,他才低声告诉我说,几年前他从农业学院毕业后,就到加州一家菜籽公司的试验所去当一名普通的研究员。他发现在蔬菜中间,数西红柿不好对付。由于它容易腐烂,所以既不好贮存,运输起来损耗又大。于是,这位寡言多思的青年就埋头钻研,终于栽培出一种水分特别少的西红柿——少到往墙上摔往地上摔都不裂口。这样,就攻克了美国食品工业中的一道难关。

过去,一提到旅美华侨,脑海里总闪现出开洗衣店的老板或餐馆里的厨师。40年来,美国华侨的素质起了不小的变化。他们中间不但有获得诺贝尔奖金的科学家,各行各业都涌现了出色的人才。文学艺术方面,有在世界名城展览过作品的画家（"假如我不能在北京开展览，我就算不上是个画家"），有著作的学者。在我们访问过的东西海岸及中西部的大学中，不少华人在担任着东亚语文系主任或图书馆馆长。在比较文学方面，尤其人才辈出。他们用西洋方法剖析着中国古典及现代文学。已故女作家林徽因的胞弟林桓，如今是有两万名学生的俄亥俄美术学院院长。他创作的陶瓷作品是博物馆争相收藏的珍品。这些海外同胞既熟悉中国传统，对美国又拥有第一手的知识，是中美文化交流的理想桥梁。

威斯康星大学今年将举行红学家座谈会，芝加哥大学计划在明年纪念鲁迅百年诞辰。他们都热切地向国内发出邀请。美国先后出了巴金、冯至、沈从文和萧红等作家的评传。有人在研究苏曼殊、郁达夫和徐志摩，有人在搜集抗战期间沦陷区文艺的资料，有人在专攻瞿秋白，有人在探讨鸳鸯蝴蝶派小说。这些，有的是我们的空白点，有的可以互相补充。在外国文学（尤其美国文学）的研究和介绍方面，可以共同做的事更多了，仅仅消除隔阂是不够的。在整个文化领域里，海内外都存在着广泛合作的可能。

对中国从一个"地理名词"一跃成为举足轻重的太平洋强国，成为世界和平的重大支柱，他们感到自豪。然而内心深处，他们也有一种深切的痛苦：跨在台湾海峡两边的祖国，至今还不能统一。这种分裂使他们起码感到尴尬为难。一位朋友说，就像父母闹离婚的子女。他们希望破镜能早日重圆，因为他们感情的根子扎在祖国大陆，同台湾又都有着千丝万缕的牵连。

去年艾奥瓦举行"中国周末"的晚上，女主人聂华苓饭后放了陕北民歌《兰花花》，放了台湾民歌《阿里山》。当她放起《松花江上》时，一位来自台湾的中年作家在客厅的一角哽咽起来。熟稔的曲调勾起了这位20世纪40年代流亡学生的回忆。

民族的纽带很自然地把我们紧紧连在一起了。相见后，只有拥抱，没有隔膜。大家共同的强烈愿望是：一定要在我们这一代拆除人为的篱笆，让我们的子子孙孙生活得更安全、幸福，更有保障。

（1980年3月17日—3月29日《人民日报》）

鼓　声

在所有的乐器中，鼓同我这一生的关系似乎更为密切。

倘若你闭上眼睛使劲回忆，总可以追想出自己孩提时代玩过的一两件玩具。我曾经这么试过。浮现在我眼帘里的，总是一只拨浪鼓。鼓面大约只有铜钱那么大，是杏黄色的，两边各拴着一根红丝绳，绳端是颗透明或半透明的玻璃珠子。鼓把儿是比筷子还细的竹棍，攥在手心里只要轻轻那么一摇,那两颗珠子便甩动起来,拨浪拨浪地在鼓面上敲出细碎响声。拨浪鼓给我带来过无限快乐。它那清脆的声音曾冲破我儿时的孤寂。

四五岁上,在我开始懂事的时候,另一种鼓进入我的生活了。当时,北京有一种穿街走巷收购旧物的商贩。不同于一般的商贩,他们不是短打扮,往往身穿长褂,右肩上搭着条细长的钱口袋。那是他用以夺走穷人最后一点生活用品的资本。他一只手里握着个鼓槌,另一只拿的是比我幼时玩的那种大不了许多的小鼓,北京市民通称他们作"打鼓儿的"。

在我心坎上,"打鼓儿的"是一种文雅的强盗。每逢这种人进家门一趟,我们就少了一件家具。"打鼓儿的"吆喝的是收买珍珠翡翠、玛瑙玉器,可我们那一带连见也没见过那种贵重物件。通常请"打鼓儿的"过目的,不是现由娃娃腕子上剥下的镯子,就是家里仅剩的一件木器——炕桌。"打鼓儿的"料到卖主都是些揭不开锅的,走进来脸上照例是那副不屑一顾的神情,然后撇嘴摇头说:"值不得几个的,还是留着使吧。"

经过卖主再三央求,他才丢下几吊钱,过不大多会儿,掸瓶呀,条案呀,就随着那清脆的鼓声永远地消失了。

(1966年8月至1969年秋天的那段日子里,"打鼓儿的"好像又在生活中出现了,而且不是他来取,是卖主送上门去。一时卖主太多,又太急切了,站在委托商行柜台里的人把脸拉长,嘴撇了起来。见什么他都说声:"不要。"有个朋友好容易借到一辆平板三轮,把上百部祖祖辈辈传下来的珍本书拉到旧书店去了。柜台里的人说:"不要!""可我怎么好再拉回去呢?五间房子只剩下一间啦。你随便给个价儿吧,给价儿就卖。""你准卖?""准卖。""那好,我给你一毛钱。"一毛钱也卖了,因为那毕竟比再拉回去的沮丧还要好受些)

我母亲"接三"的那个晚上,鼓声在我幼小的心灵里留下了更为可怕的阴影。大概是为了体面吧,家里请来一台由两三个和尚组成的"焰口"。我作为"孝子",跪在灵旁。也不知道他们诵的是什么经,反正咚咚嚓嚓闹腾了一宵。我又哆哆嗦嗦地站在一条板凳上，扒着棺材沿儿同母亲告了别。然后，棺材上了盖，斧头就把它钉死了。

多年来，鼓声给我带来的是棺材、和尚和死亡的影子。

鼓声再度出现在生活中，是1949年10月1日。那一天腰鼓队走过天安门时，我才体会到鼓声的雄壮、鼓声的优美。多少世纪以来压在人民头上的三座大山搬掉了。还有什么乐器比鼓更能表达人们的喜悦，更能表现出一个重生的民族坚定而自信的步伐呢！成千的腰鼓队员排列着，整齐得像棋盘，个个头上用毛巾扎着麻花。咚——咚——咚咚咚。声音单调吗？一点也不觉得。因为每一声咚咚都敲出对旧事物的诅咒，敲出对新生的人民共和国美好的祝愿。

接着，1950年的冬天，我在湖南岳阳县筻口乡又听见鼓声了。咚咚咚，一大堆浸着世世代代农民鲜血的地契燃着了。除了鼓，还有什么乐器更能表达从奴隶变成主人的狂喜呢！

然而60年代中期，鼓声突然变了，变成对自己人的威胁。

1967年吧,我住在——更确切地说,是我被赶到一条小胡同里。隔壁住了一位老寡妇,她身边只有个独子。他们仿佛也是经抄家被赶到那里一间小东屋的。听说学校的"文革"小组要那个独子到边远地区插队,老寡妇舍不得让他走。于是,每天中午就从居委会那边咚咚咚地敲起鼓来,越敲越近。敲到寡妇门前,鼓点更紧了,而且堵着寡妇门口一敲就是几十分钟。鼓声里充满了杀气,好像有千军万马在包围。老寡妇由于怕四邻每天都得陪着受罪,终于还是让孩子走了。

那阵子,什么单位大约都不乏一些年轻力壮的鼓手,手持双槌,嘣嘣嘣,真是耀武扬威。鼓越做越大。先是威风凛凛地站在平板三轮上敲,"九大"时就上了彩车。

那阵子,三天两头就得跟在鼓后面游行。有时是为了庆祝一些来路不明的"最高指示",有时是为了"报喜"。那时鼓声起的是窒息大脑的作用,然而有时候脑子偏偏还喜欢动那么一下。"出版史上的奇迹,三天之内赶印出两本书来!"当整个民族文化都瘫痪了时,这报的算是什么"喜"呢!

然而生活在德谟克利斯的剑刃下，脑子的闸门可得拧紧呀！生命就靠那拧紧的功夫来维系。

这三四年，鼓声不那么频繁了。鼓还是要敲的。管弦乐队、铜管乐队都少不了它，重大庆典也还是要敲锣打鼓的。那属于鼓的正常使用。然而鼓声不再是杀气腾腾的了，它不再对自己人显示威风。这真是大好事。有时候我也暗自担心，那些年轻鼓手会不会不甘寂寞、会不会手痒呢？

今天，国家需要的不是轰轰烈烈的锣鼓喧天。一场旷日持久的动乱之后，它需要的是埋头苦干，踏踏实实地为社会主义修篱补墙，添砖添瓦。让马达和电子的声音压倒鼓声吧！恰当地有节制地使用，鼓声可以振奋人心；滥用，响过了头，鼓声的作用照样也可以走向反面。

(1981年7月24日《人民日报》)

文明小议

一、煞风景

你能设想在秦始皇陵兵马俑中间架起一尊迫击炮,或在周铜汉瓦旁边摆上一台录音机吗?然而这样的事正在天坛发生。在巍峨辉煌的祈年殿前面那气派万千的广场中央,距离白玉栏杆数米处,近来一直停放着一辆橘黄色的小轿车。车身油漆剥落,车窗也已破,是用马粪纸糊着。据说放在那里的用途是:供游人站在车旁,以高峻雄浑的古建筑为背景,拍时髦照片!

看来文物名胜的保护,不仅仅是个禁止游人在墙上留名题字的问题。

二、"后无来者"

我最怕那种有弹簧的活动门。星期天早餐时刻,我站在附近有这种活动门的小饭馆做了一次"公德调查"。在七八分钟内,进出了20来位顾客。大部分是把门推开,人进去后,任那扇门往后绷去,好像后边并无来者。有时里外同时对推,相持不让,最后总是弱者退了下来。一个运动员打扮的小伙子把门推到极限,门猛地绷回来。幸好后边是个中年人,他挨了一下打,也随口骂了声难听的。一个抱娃娃的妇女走上台阶,我替她捏把汗。看来她很有经验:她倒退着进门,娃娃没撞着,她背上可狠狠地挨了一下。只有一位七十开外的老婆婆，当她看见里头走出个小姑娘，手里托着同她年龄很不相称的那么一大叠油饼时，就主动替她拉开门，一面轻声宽慰她说："姑娘，放心，我等你。"

星期天早晨如此，平时赶着上班，就不堪设想了！

三、圈套和陷阱

公园里或人行道旁，只要是兴建过土木的地方，就常有一截截一二尺长的"钢骨"弯弯地露出地面，活像套狼用的那种圈圈。有时看到拔掉旧树后未填的深坑，或敞着口（铁盖撂在一旁）的水表井，很像猎虎挖的那种陷阱。

我想，最起码也是最重要的文明应该是保障市民（包括老弱病残）生活得安全。

（1982年3月12日《人民日报》）

出版杂议

一、以书传书

十年浩劫,苦于没书看。如今,书又多得不知从何看起。打开电视、收音机,广告(或者叫"商品信息")在我们生活中出现了。牙膏、药品、洗衣机……唯独书的信息,少得可怜。报端常见期刊目录,除了商务的

"每日一书"，想靠广告跟踪新书，那是枉然。说也是，各行各业书出得这么多，倘若都登广告，势必造成报纸版面紧张，同时也会提高书的成本。

每逢拿起一本新书，就常对后面的空白页感到惋惜。20世纪30年代郑振铎编的"世界文库"，每译完一种，书后又介绍了文库中的其他名著。巴金为文化生活出版社共编了十集"文学丛刊"，每集内分长短篇集、游记、书简、评论等十六种。打开每种书，版权页上均印着本集的其他书目，后边还有其他各集的广告。这广告既显示了主编人的布局设计，又自动地把读者引向其他姊妹篇。良友有时还在书前印上作者的其他著作。这样，读完了老舍的《赶集》，你会很自然地要找《离婚》。

打开英国的"万人丛书"、美国的"现代文库"，或日本的"岩波文库"，每本后边也都附上几页关于同一丛书其他著作的简介。至于书前开列作者的著译表，更是常见之事。

"五四"以来，以书传书是个好传统，既充分利用了空白页，又开阔了读者眼界，而同类书姊妹篇之间相互提携，要比五花八门的书籍广告更具吸引力。中华人民共和国成立后，我们的出版物宁让后边衬页空白着，很少加以利用，甚至丛书也是这样。

近见新来的傅雷所译巴尔扎克小说，附了他的译作表，甚是赞赏。这样，既引导了读者，又展示了译者毕生的成就，比去查《文学家辞典》省事多了。

二、请附索引

工具书是一个国家文化事业的基本建设，也是衡量其文化水平的一种尺度。三中全会以来，中央在出版事业方面大抓辞书，专设了出版社，又出了专谈辞书的刊物，实在英明！

其实，任何学术著作，一旦加上索引，都既可供阅读，又可当工具书使用。尤其史、地、传记著作，倘若备有索引，就可供随时查找。反之，没有索引，想查点什么（仿佛记得这本书提过），就得抓耳挠腮。

花去半天时间，找到还好；要是查来查去不见踪影，最是令人恼火！

三、预约：一举两得

20世纪30年代，常见书籍预约广告。有些大部头著作，还真是靠预约者的支持才印成的。当然，那时社会混乱，政局不定，也曾为奸商及文化骗子钻过空子。《高尔基全集》预约广告在报上登了半版，事后一本没出，就不了了之啦！但总的说来，预约是一举两得的事，读者早些掏腰包支撑了书业，自己对于需要的书买到手也有了保证。

今天，社会和币制都空前稳定，书业国营，奸商和文化骗子绝迹，同时各种大型丛书不断涌现。读者最希望的，是确保自己需要，或心爱之书能买到手。从国家来说，预约既可吸收游资，又可通过预约更确切地估计书籍的需求量；既可避免仓库积压，又可为读者（尤其是专业读者）提供保证。20世纪30年代书商用折扣优待来招徕，今天，只消免收邮资，就具有足够的吸引力。

同时，对于大型丛书的过期出版，预约还无形中会起制约、监督作用。因为一旦向预约者宣告了出版日期，就不便一拖再拖了。

（1983年9月11日《人民日报》）

欧行冥想录

一、久违了,欧洲!

四十多年前,我这个来自东方的游子,曾同欧洲人共过一段患难。我是在英法对纳粹德国宣战一个月后到达的,又在欧战胜利十个月后离去。那真是七个不平凡的寒暑,有些情景至今回忆起来,仍令人心惊魄动。

1939年深秋，在巴黎圣母院幽暗的侧堂里，我看到一些背了防毒面具的信男信女跪着祈祷，求天神让柏林那个混世魔王回心转意。那时，谁晓得世界将变成什么样子呢？我是怀着迷茫的心情过的英吉利海峡。

敦刻尔克撤退那天，我在剑桥人行甬道上同浑身泥沙但毫不气馁的士兵们握过手。当伦敦遭受闪电战和后来的飞弹轰炸时，我也一道受到威胁。多少个通宵，我同千千万万英国市民一起睡在地道车站的站台上，我还从烧夷弹打中的房子窗口跳出过。那时，泰晤士河同莱茵河一样笼罩在战云下，黯淡无光。

1944年，西线开始了振奋人心的大反攻。我揣了张"战地记者证"，随联军士兵向魔窟柏林进发。我见过受难的欧洲，也同他们一道扬眉吐气过。

40年前，我访问慕尼黑时，这座艺术之城大半已变成了废墟。如今，像德国其他城市一样，它也重建了起来，而且更加繁华、更加灿烂了。人们又矫健地在阿尔卑斯山麓滑雪，度假的男女在莱茵河的游艇上欢快地跳起优美的波尔卡了。飞机、电子、火箭，什么都讲究"新的一代",因为人们一代代地在繁殖和成长,在劳动和创造。

今天,欧洲不能说一切都风平浪静了,他们还面临着大大小小的问题,有着这样那样的烦恼。然而越是回首往昔,越使人信心倍增。逞强称霸、妄图奴役旁人的,莫不一败涂地。世界最终是属于勤劳诚实、正直善良的人们。

二、"永志不忘"之一

战争必然要把正常生活搅乱。40年代在我的旅欧生活中,最大的一桩憾事是没能看到多少艺术名作。在轰炸机的威胁下,像顾恺之或米开朗琪罗那样的稀世珍品,都早已藏入深洞了。那时,绘画馆有的空了,有的只拿一些尚无定评的当代画作来充门面。

因此,在法兰克福一下飞机,我就向东道主提出去看看绘画馆。次日就如愿以偿,徜徉在这艺术之宫里了:从文艺复兴到法国印象派大师们的一幅幅杰作都陈列在那里，真是琳琅满目。

忽然，我发现一个美中不足之处：绘画馆好像有意不让名画同观赏者直接见面。大幅油画上，有的罩了层玻璃。在刺目的反光下，原作被歪曲得远不如坐在沙发上翻看画册。同时，我还发现画廊里不时有制服笔挺的彪形大汉在巡逻。他们的目光不投在画幅上，而更多的是在瞟着一个个都很文雅的观众。

这时，我就把疑窦向一位管理员模样的人倾吐出来。他打量了我一番，一听说是刚从中国来的，就似乎若有感触地说：

"怪谁？都怪那帮小伙子们呗。几年前，他们朝着几幅名画泼了镪水，并且扬言：当非洲大陆那么多人民仍在饥饿线上挣扎的时候，还留这些古老玩艺儿干吗？所以……"

好熟稔的逻辑啊！

这当儿，一个念头冒上心头。今天我要是个大学生，我就想厚厚实实地写出一篇论文，把当年大批判栏上那些响当当的论点，认真整理出来，冷静而客观地做出分析。应该给这样的论文的作者以学士、硕士甚至博士学位。因为对后世子孙，那将是多么好的一服清凉剂啊！

三、"永志不忘"之二

在慕尼黑参观"纳粹兴亡史"的展览时，我问陪同人员："你们对于把希特勒的丑史公诸世，有没有过犹豫、顾忌或争论？"他斩钉截铁地回答说："没有！怎么能有？这家伙屠杀了那么多生灵，败坏了德意志的名声，使德国直到今天仍然分裂着，并且依然被四个战胜国占领着。"我又问他："在你们的历史教科书里，对纳粹一伙的暴行也这么无情地揭露吗？"他说："当然。历史不仅仅写在教科书里，还铭刻在千千万万座墓碣上呢。不，这个展览就是为了让德国后世子孙永不忘记，不再重蹈覆辙。"

"永不忘记"这句话，18天里我在西德听到看到不知多少次。但印象最深的，莫过于重访达豪集中营的那回。如今，它成为一座永久性的博物馆了。

四十年前，我作为随军记者来过这座"灭绝营"。当时，几十座营房和一些行刑场还没拆，犯人用十指扒的血迹还斑斑点点留在墙上，用十几条狼犬活活把犯人咬死的那个使我几夜不能成寐的小院，也依然存在。走过焚尸炉时，还嗅得到一股令人作呕的气味——堆在那儿的大批麻袋里，装的都是骨灰。

可能为了照顾少年观众，现在这些带恐怖性的设施已统统拆除了，然而通过博物馆展览厅里的巨幅照片和实物，我对这座臭名昭著的集中营却获得了更为系统的认识。看来集中营里大小刽子手中间，不乏业余摄影爱好者。照片从囚犯清晨"点名请罪"拍起，再现了当年集中营的诸般情景。给我印象最深的是一幅题名《在押往毒气室途中》的，照的是一个弯着腰的瘦弱妇人，双手各拉着个幼小的娃子。像千千万万受难者一样，她唯一的罪名是身上流有犹太人的血液。有一组照片，总题是《自杀》，有悬在梯子上吊死的，也有触电而死的。在黑暗的统治下，"自杀"与"他杀"有什么区别呢？

比酷刑更为可怕的，是利用犯人所做的种种生体试验：有全身泡在冰水里的，有强灌盐水的，也有通上电流的。那龇牙咧嘴的形象，使观者立即感觉到被试验者的极端痛苦。玻璃柜里展出的是集中营"科学家"们试验报告的原件，曲线上标着被试验者在各种情况下的体温和脉搏。曲线画到零时，忽然又上升了。那就是说，为了试验，让死过去的犯人再活转来，继续被来回折腾。

四、人与自然

四十几年前，我在伦敦经历过一次比大轰炸更为可怕的事，或者说，陷入一种更为骇人的境地。

1939年10月初，我抵英后只在伦敦过了一夜，就直驱剑桥。那年年底，趁圣诞假期，我第一次去逛了逛伦敦城，住在西北郊。一天，我独自到市中心繁华区去游玩。正当我朝着橱窗出神的时候，天色忽然变得黄澄澄的了。看到路人有的赶忙往双层公共汽车上挤，有的焦急地拦喊出租车。面对那片惊慌，我这个初来乍到、不知深浅的青年，倒泰然自若。

不料没多久，周围好像蒙上了一层面纱，它由黄而浅灰，但依稀还能看到街景。原来这就是举世闻名的伦敦雾。那天下的正是雾中之王，叫"豆汤雾"。年少时性喜猎奇，还以能身临这一奇境而自得呢。

没多久，我就由孩气般的快活而变为极度恐慌了。因为那就像一个人突然失去了视觉，伸手不见五指，宛如走入迷宫，或者像在做一场噩梦。什么人和我撞了个满怀，他道完歉之后，就骂了声："该死的雾！"接着，我又狠狠地碰在什么坚硬的墙角上了。

汽车打着昏黄的雾灯，不停地揿着喇叭。一下子，天昏地暗，真像是世界末日到临。我心里焦躁的是：可怎么回汉普斯特德呀！这时，我对伦敦雾，也由欣赏而变为诅咒了。

今遭，一到伦敦，朋友就告诉我说：伦敦没有雾了。它真的消失了，四季都没有了。也许正因为这样，英国人正在给古老建筑"洗澡"呢。议会大厦和剑桥王家学院教堂还没洗完，周围还搭着巨型脚手架。伦敦由一个满脸尘埃的老人,变得有些像个翩翩少年了。

后来,我们又到有"黑色地带"之称的英国中部去访问。以前,不管是伯明翰还是谢菲尔德,由于出煤,出钢铁,又出陶瓷,走进市区,一向都是烟囱林立,浓雾迷漫,到处都是令人窒息的煤屑,好像那就是工业城市注定应有的一份命运。今天呢?没有了烟雾和煤屑,有的居然还以"花园城"自许呢。

变化一是由于工厂外迁,同时,也因为英国发现并开采了北海石油。有了电力,就可以不再烧煤。

在奥斯陆,一壶开水给我们开了窍,引出一堂经济课。

看到女主人同时开四个灶眼:一个烧开水,一个做饭,一个炖菜,一个烤肉。洁若本能地着了急,一句近乎干涉人家家政的"加在一起有四千多度,那太浪费了吧"竟脱口而出。同我们一道用早餐的男主人(原奥斯陆大学经济系教授)并未介意。他笑笑说:"一点儿也不浪费,因为节省了时间。"接着,话题很自然地就转到挪威的经济上来。

在北欧，挪威十几年前还是个穷国。它靠的就是两大财神爷：石油和水力发电。这两宗不但改善了民生（挪威按人口计算，使用电力的比率是美国的两倍），而且把各项工业全带动起来了。

在我们这里，自然也在起着变化。20世纪20年代，北京是以风沙闻名于世的。那时我上学，时常得倒退着走路，不然，沙子会把脸打破。西方人吃一种类似"驴打滚儿"的甜食，至今，它在食谱上的名称仍是"北京尘土"。眼下在北京，春秋虽还要刮一刮风沙，但其凌厉程度可今不如昔了。

五、 文明之道

一个社会文明不文明，可以从许多方面去衡量。其中之一，就看它替不替残废[①]人着想，有什么具体措施。这里，散发着人与人之间的温暖，体现着一种对同类、

---

① 后有《这个词用错了》一文，专门纠正此词。

对不幸者的情意。

在这方面，欧洲比40年前文明多了。在西德，我看到有些高层建筑的自动电梯里，在楼层号码牌上有着凸起来的盲文。双目失明的人，只要伸手一按，照样能让电梯在他所要去的那层停下来。英国剑桥有一家60年代兴建的学院，它的宿舍和教室都没有台阶。这样，坐轮椅来求学的学生，也能行动自如。不少大城市，专门为残废人设有停车场。不用说，两层的公共汽车，总在底层靠车门处也像我国一样为老弱病残孕保留着专座。在旧金山和伦敦，我都看到同我年纪相仿的老友，持有一种"免费乘车证"。女的满60岁，男的满65岁，就能享受。

据说，八旬出头的挪威国王奥拉夫五世是轻易不接见平民的。但是在我进宫的那天，休息室里还有穿民族服装的三男两女也在等着被召见。一打听，原来他们都来自挪威北部的一家残废人医院。由于他们辛辛苦苦地从事这种工作达35年以上，服务得又特别周到，因而获得了国王勋章。

这么奖励，当然也意味着对一种文明风气的提倡。

文明的另一尺度是公民纪律，特别是交通法规的遵守。

40年前，在英国走路可没今天这么麻烦。现在不但到处是单行线的牌子，而且过街得走指定的人行横道，还非要等专为行人设立的交通灯变成绿色，才许走。在西德和挪威也都是这样，而且行人都严格遵守。有时连车影儿也不见，红灯未变绿色，他们硬是直直等在那里。我心想，多么"痴"啊！

朋友开车陪我去赴宴。我知道他有酒量，但是席间，他连啤酒也不进一滴。我又觉得他"痴"了。原来在这里，只要闻出驾驶人员有酒气（包括啤酒），就判坐牢，而且绝不允许用罚款代替徒刑。

这里还可以看出守法与执法之间的关系。执法如果不严，说了不算，或者雷厉风行了几天之后又稀松了事，守法者也就不会"痴"下去了。

为什么四十年来起了这样的变化？朋友解释说，打仗的时候，英国缺乏汽油，交通法规就放松了。交通法规是随着汽车数量成倍地增加而严起来的。如果车子增加了，行人还是老的走法，那样要么汽车当驴车来开，要么伤亡事故就必然成倍地增多。

遇到非常时期，有时会发生"一马勺坏一锅"的惨事。大轰炸中，伦敦给我印象最深的是这么一件事：一天，市中心拉起警报，行人照例都要按顺序从地铁的入口下去躲避。那是个小站，入口不但窄，而且下去二三十磴台阶，再拐个弯，才能到达售票厅。这一天，有两三个愣小伙子不肯鱼贯而行，硬是横冲直撞。结果，摔倒在拐弯处。这下可糟了。他们堆成了障碍物，把后边大批行人成群地绊倒了。于是就人压人地叠成一座肉塔。警报解除后，那一带并没有一个人被炸死，地铁入口处却有七八个人因窒息而丧命。

随着经济发展，眼看我国汽车的数量也在逐渐增多。公民纪律一定也得相应地跟上去才行。不然，平时只好把汽车当驴车来开，遇上非常时期的考验，后果就更不堪设想了。

六、两个挂钩,一种作用

和当年一比,伦敦的物价高得简直吓死人!

1939年刚到英国,我作为讲师,年俸是250镑,税务局还要从中抽掉一大笔。可那时候"企鹅丛书"每册才卖6便士,精装特大本的也不出一个先令。我最常光顾的百货公司是犹太人开的乌勒沃茨,那里从文具、五金到针织、药品,每件一律是6便士。另有一家叫布茨的,是一律一先令。那时一镑合20个先令,一先令合12便士。揣上一镑钱,可以鼓鼓囊囊买回一大包日用品。

这回我又去乌勒沃茨了。好家伙,多么小的物件都在一镑以上。至于"企鹅丛书",售价是每册两镑五十便士。当年我那份年俸,今天不够一位阔少在伦敦玩上3天的。老同学罗孝建开了个名叫忆华楼的馆子,据说一个人坐下来,最起码也得20镑(我们也吃了一顿,是蒙他邀请的)。

我问一位老朋友,物价这么飞涨,社会就乱不起来?他说,叫苦是要叫的,而且常闹罢工,然而日子仍旧过得下去。这主要靠工资的两个挂钩:一个是早就有的,同资历挂钩。他们那里不评级评薪。除了有特殊贡献的另外给酬劳、不称职的降薪或辞退外,一般工作人员,不管是大学教授还是产业工人,其工资均按照工龄自动递增。另外还有个挂钩,就是挂在物价指数上(这也适用于养老金)。倘若物价浮动,而工资(还包括养老金)或其他收入冻结,那势必轻则怨声载道,重则闹起事来。自然,工资往往涨得跟不上物价指数。因此,社会上,特别是产业工人是愤懑的,工潮频仍。然而倘若没有那两个挂钩,那就更不得了。

罢工是撒手不干,怠工是故意放慢速度。然而在正常情况下,他们工作起来却绝不能也不允许松松垮垮。

在慕尼黑,我们访问了一家出版社,是由社长接见的。我们进去时,这个壮实的中年人正挽了袖子,握着笔在聚精会神地看稿。他一听我们也在出版社工作,谈话就格外热烈起来。这家出版社每年出一百种书,汉德对照的七卷本《毛泽东选集》也是其中的一种。人员呢？从社长、编辑、会计到跑街的，统共16人。

我们交谈了不到20分钟，中间倒被闯进来的工作人员打断了3次。5日工作制，每天8小时，很少加班。他们一靠效率：工作人员全是公开招聘的，也就是说，凭能力竞争，考进来的。既不是分配来的，更没有硬塞进的。二靠社会力量来审稿定稿。三靠不搞文字加工。他说，大学、研究所以及年老退休的专家学者，他们不隶属于任何单位，因而不坐班，但工作效率却是头等的。只能依靠这样的社会力量，因为出版社就是再加上几倍人员，力量也仍有限。至于文字加工，那更是没有边儿的茫茫大海。讲效率，分工就得明确。出版社的作用必须是单一的，它只有一种，就是出书，不能兼充写作训练所。

企业严格分工，大力依靠社会力量，这也不失为改革的一个途径吧。

七、旅游心理学

大凡出门走路的，都不会在乎多花几个钱，他更希罕的，是省心。人们最讨厌的不是苛捐杂税本身，而是那种零星支付的方式。尽管团体旅行局限性很大，要受拘束，照顾不到特殊癖好，然而人们往往还是欢迎吃住交通一包在内，"一揽子"式的团体旅行。

小费，这是在国外生活中一件最令人头疼的事。每逢拿到什么账单，心里先得琢磨核计一阵：在开来的数目之外，额外该给多少。多了，怕影响自家的预算；少了，又怕看到脸色，更怕背后挨骂。我宁愿接受外加一成的科学办法。

不知道来中国旅游的外国客人在抱怨种种不便之余，可曾体会到我国具有的一个独特优点：一概不收小费。

在伦敦吃烤牛肉，讲究去浜河道的辛普森。这是一家有两百多年历史的老馆子。这馆子有个传统：冒着热气的烤牛肉是用小车推到顾客跟前来割的。内行人告诉我说，一定要在大师傅操刀之前，及时地额外塞给他笔小费。落到你盘中的肉，是肥膘还是瘦嫩的小腿，就在此一举了。其实，小费也是一种变相的贿赂。

自然，就其本质来说，这是人与人之间关系的性质问题。服务员理应对客人殷勤，但倘若那是花钱买来的殷勤——包括笑容，就没那么可爱了。因此，我希望我国永远也不实行小费这种办法。宁可提高一成收费，再分给服务员，也不要采取张开手心去接的方式。

现在大多数国家都不采用厕所收费的办法了。然而这次出门，还是遇上几处。有的在入口处就明码标出解手若干，洗手若干，那还好办；有的则在角落里放一只盘子，供客人们任意投放。这就多少要花点心思了。倘若盘子旁边还坐着一位收款人，那就更为尴尬了。

现在西方建筑及城市设施都趋向于标准化，而且往往就是美国化。剑桥王家学院前面的广场原是一个颇带点中古味道的集市，如今也建成为一个"购物中心"。从中穿过，恍如置身纽约的第五街。旅游者很矛盾：

他既要固有的生活享受，又希望有点新奇。一个洋朋友对我说，下飞机进了北京的长城饭店，仿佛又回到了美国。为了宣传我国的传统文化，也为了招徕远方客人，旅游从业者可不可以多在"新奇"上做做文章？比如北京重建的琉璃厂就很好，令人觉得像是回到了明朝的北京——又没有香港的宋城那样庸俗。

看过一些批评我国民航的文章和读者来函，我倒想唱几句反调。这次我们来回坐的都是民航的飞机。就我们这次的经验而言，起飞和到达都准时。从伦敦回北京的时候，虽由于天气关系，推迟了两小时，那也无可非议——正表示对乘客生命的负责，并且又都发了免费餐券。

飞机驾驶得平稳，服务得也很周到。比如，机上为看电影或听音乐用的耳机，泛美公司如今每份收费三美元，我们民航分文不收。在着陆前，泛美把耳机按座位一个个地收回，对乘客表示不信任，我们则由乘客自行留在座位前面的口袋里。1979年我乘泛美，登机后，每人一律赠送一双在机中穿的便袜。1983年再去时，这种优待就只有头等舱客才能享受了。我们民航则不分等级，一律照赠。

然而我们民航机上的厕所，说来真是令人伤心。去时，乘客入厕后，得由服务员端来一盆盆的水代为冲洗。原来水箱的压力不够，冲不下去。回程，厕内明明有个供投放手纸的洞口，乘客却把用过的手纸到处乱扔。快到北京时，厕所几乎无法下脚了。

不得不说明，机上乘客十之八九都是咱们自己的同胞。据说，乘这种飞机，还需要一定级别呢！

上学时，在选修的课目中，我特别喜欢听心理学的课。什么心理卫生呀、变态心理学、社会心理学呀，我都上过，而且至今仍感兴味。

现在旅游业这么兴旺，我想，该不该开设一门旅游心理学的课程呢？

（1985年2月11日—2月19日《人民日报》）

这个词用错了

日前《人民日报》文艺部给我转来一封成都读者来信，信中说："你原是我敬重的作家之一。最近，我发觉你在我心中的地位动摇了。为什么？我看了2月14日你在《人民日报》上的《欧行冥想录之五·文明之道》。你在文章中用的'残废'一词刺痛了我。我是个失去了左臂左腿的人，但我并不是个'废人'。我还开着书店，并且在卖着你写的书。我有残疾是事实，可我是否就'废'了呢？去年3月，中国成立了残疾人福利基金会，难道你没有看报？"

尽管我那篇小文原是替残疾同志们说话的，可我仍然感激这位读者，并向他道歉。报，我是读的，但读得不仔细。我尤其不曾想到，一个词用错了，可以刺伤旁人的心。我撰写此文，一是希望引起更多的人在用此词时加以注意，同时，我更想借此向这位80年代的青年致敬。他尽管不幸成为残疾人，但决不甘当一个废人，并视"废"字为莫大的侮辱。

然而这也使我想到，世上也有身不残而志已残的人，乐得白吃闲饮，甘当废人呢！

（1985年3月18日《人民日报》）

欧战杂忆

开场白

1939年,在我国抗战全面爆发两年之后,欧洲那边的战火也燃烧起来。我刚好从头到尾都在那里,既在后方挨过炸,又以战地记者身份跟着看过点炮火。今年5月8日是欧战停战日(VE Day)四十周年。我多想写一篇甚至一本完整的欧战回忆录啊!但是1939年至1946年间我记的那几本日记,全毁于1966年8月那场大火了。现在硬要回忆,我只能这么东拉西扯地想到哪儿写到哪儿。既不按时间顺序,也不讲究什么蒙太奇。

乐极生悲

1945年欧战停战日那天,我正在旧金山采访。那晚,全市欢腾,人们到处都在狂舞着。记得人行道上一个完全不相识的老妈妈看到我胸前佩着联合国的徽章,就突然把我抱住,在我颊上使劲亲了一通,然后醉醺醺地对我说:"这下可好啦。我的乔治快回来了,我的小杰夫也不必再去当兵啦。"她一边说着,一边就扶着橱窗,晃晃悠悠地踱去。

我目送着她那背影,仿佛望到了一颗饱经忧患的母亲的心。可那天,我还欢不起来,因为半个中国还沦陷着,亚洲东部还在冒着浓烈的硝烟。但我能理解他们的狂欢。

那天晚上,从广播中听到一个十分不幸的消息,加拿大东海岸哈利法克斯市的居民,狂欢得过了头,一些醉鬼竟然闹起事来。混乱中,十几个人被踩死。真所谓乐极生悲,死得可太惨太冤了。

人逢特大喜讯,往往不能自持。不但西方人如此,前些年我就听说国内有人在知道自己的问题得到改正或平反的消息后,一兴奋,心脏病犯了,就倒下来断了气,确实令人遗憾。

棋子

倘若不是当时的香港《大公报》胡霖社长的坚持,1939年我很可能就不去英国了。

伦敦大学东方学院聘请信中的条件太苛刻了:年俸才250镑,还要交一大笔所得税,路费得自筹,而且合同只订一年。即便我能借到那笔旅费,满了一年万一合同不续订,我不也得背一屁股的债,哪辈子才能还清!去过英国的朋友那时都劝我去不得,还是在家吃馒头吧，那面包吃起来太玄乎。

不知怎地，胡霖听说英国人请我这件事了。他把我叫到二楼那小间办公室去，满口答应我：旅费由报馆先给你垫上，以后用通讯来还嘛。可多么不巧，半夜里那笔旅费又被贼偷去了。我急得满头大汗，心想："这下可真去不成了。"他却神色泰然地说："叫财务科再给你补上一份。"对于赴英这件事，他比我急切多了。

临走时，他对我说：欧战是打定了。报馆要你去，就是在那里先放上颗棋子。我听了，当时很不是滋味。嗬，拿我当棋子！日后才认识到，搞事业就得像一名棋手那么精明，要干着今天，想着明天。

其实，照常规来说，他不但不会鼓励我出去，而且还会留难一番呢。《大公报》一向重视副刊。我一走，要撂下个不小的摊子，但他着眼在大的方面。

在由谁来接替我管副刊的问题上，他又表现出少有的远见。馆内上层几大金刚当时属意的是一位教授。我坚决推荐的是杨刚。为这件事，报馆里争论很大。因为不知是谁告诉他们，杨刚是共产党。

胡最初举棋不定。我向他分析杨刚如何能干，如何胜任；馆内上层却提醒他杨刚入馆会影响报馆在国共之间"不偏不倚"的地位。

记得最后一次同他谈此事时，我只说了句：倘若把那位教授请来，会失去刊物目前的大部分写稿人和读者，刊物必然又恢复到吴宓主编时的学院派老样子，哪里还像一份抗战时期的报纸！在上海时他曾对我说过，《大公报》的文艺副刊就是为了吸引青年读者的。我这个警告大概对他起了决定性作用。第二天，他对我说，给杨刚打电报，请她马上来。

1943年他参加访英团，特意到剑桥来，劝我放弃学位去当战地记者。他还对我说，杨刚可真是一把能手。她不但能编副刊，还经常跑战地，是个很在行的军事专家呢。

搞报馆，搞什么，都需要点远见，包括克服政治上的成见。短见（时髦术语是"本位主义"吧）对事业最是不利。把人当棋子并不一定就坏。那样，在用人上就会有个全局观点了。

海员

在持续 6 年的反法西斯战争中,英国商船队的功绩并不亚于海军。它保证了岛国上几千万居民不至饿肚皮,同时,还向北非等战场运送军需。商船队是抵抗纳粹运动中的大动脉。船队经年累月地在海上同纳粹潜艇搏斗,伤亡也很惨重。以中国海员来说,仅利物浦一个港口,那时就有十万中国海员,其中十分之一都葬身海底。说来这也是我们对欧洲那场大战的贡献。

我曾几次赴利物浦,访问那里的中国海员。他们大都是在船底添煤的火夫,船一旦被纳粹潜艇的鱼雷击中,生还的希望最小。那时纳粹的鱼雷也不断翻新,如磁性鱼雷的发明就很厉害,它能从水下追逐上面行驶的船只。

那些海员个个都有一本血泪史。他们几乎都是通过中国沿海码头上一些把头(相当于人贩子)上的船。开头一两年,每月都得从工资中拿出可观的数目去孝敬把头。

海员等候就业期间，把头还动不动就殴打，有个海员就这样活活被打死。那个海员年幼的儿子当时小小心坎上燃起怒火，立志长大后要替父报仇。为此，他也当上了海员，到处跟踪那个把头。

1942年的一天，他终于在利物浦找到了当年杀害他父亲的那个凶手——这时已当上了海员俱乐部的负责人。他就佯说有要事同那个凶手谈。他们是在会客厅里见的面。我赶去时，看到会客厅的墙上还满是血迹。原来会见时，他掏出一把尖刀，攮进了冤家的胸膛。记得有一家英国报纸评论此事时，还替复仇者讲话，提到了中国人讲求孝道的民族美德。

另一次，我访问一位林姓粤籍海员。他持有在海上遇难后乘筏子漂浮最久的世界纪录。他的船是在葡萄牙海面亚速尔群岛附近被纳粹鱼雷击沉的，在海上漂了将近一百八十天，才在巴西海面上被飞机偶然发现获救。他告诉我，最关键的一点是不论多么渴，也不能喝海水。筏子上起先还有两个欧籍船员，他们就是因为喝了海水，不出几天就相继死去。他则一面咬牙不喝海水，一面又琢磨出个窍门——他学会了从鱼腹的尿泡中吮水来止渴。孑然一身，白天晒，夜里冻，随着波涛忽上忽下地颠簸，始终也不放弃生望，这是怎样坚强的生命意志啊！

几年前听到一位朋友于20世纪50年代初期在政治生活中遇了难，一下子去茶淀劳教，一下子去江西劳改；有时单独监禁，有时甚至上了手铐脚镣。但他始终相信自己的无辜，始终相信有昭雪的一天——而且果真终于昭了雪。当时我就联想起在海上遇难的那位坚忍不拔的海员，同时想道：我们这个民族有一种可贵的气质，或者说品质，就是经得起摔打，逆境中能保持乐观，咬牙到底。

旅途

我是1939年8月31日在九龙登上开往马赛的客轮"阿拉米斯"号的。去买票的那天，船公司挤满了人——但几乎都是退票的。那时的欧洲，真可说是战云密布。记得杨刚送我上船那天早上，报上已登出华沙被炸的消息，一条颇为豪华的客轮空空荡荡。船上的欧籍乘客，一个个垂头丧气。

启航的第三天，就听到了英法相继对德国宣战的消息，船仿佛是笔直朝着一片熊熊烈火驶去。

刚到西贡，那条船就被法国海军征用了。我们在那块殖民地当了七天的囚徒。后来公司另派了一条船把我们接走。开到新加坡，大部分中国旅客都改变了主意，不想再往西走了。只剩下两个中国旅客还硬着头皮继续西行：一个是我，另一个是在荷兰阿姆斯特丹开饭馆的老板。我们都各自有骑虎难下的原因。他要是不回荷兰，饭馆交给谁？我当时的考虑很简单：回香港，那双份旅费我拿什么来赔！

生活中，有些决定是客观因素促成的，事后也大可不必来冒充英雄。当时，我就像个在山洞里朝前摸索的盲人，一点也不知道"未来"这只葫芦里卖的是什么药。

讲起来，在茫茫大海中，只有我们两个是黄皮肤的，理应特别亲热才是。然而不是那么回事。一路上，每逢船靠码头，我们少不得都要上去走走。但是我们的兴趣太不同了。最可笑的是我们两人在巴黎分手的情况。他不知去过多少趟巴黎了，而我却是头一遭。一到巴黎，他就热心地要充当我的向导。他带我去了大百货公司，还要带我去玻璃房子（妓馆）。我拒绝了。我想请他领我去巴黎圣母院，去国家歌剧院，他说他可从来也没听说过这个圣母院在哪儿。我们一路上用结结巴巴的法语向人打听，好容易才摸到那座我在书中读到过的大教堂。他说，那有啥看头？他不肯进去，非要站在教堂大门外头等，并嘱咐我进去探探头就出来。

我是平生第一次见到那么庄严肃穆、那么巍峨动人的西洋建筑呢。一踏进教堂，我好像就步入了中古的欧洲。我只顾出神地欣赏那些精雕细琢的石像，嗅着那香中带点发霉的气味，一下子忘记了时间，更忘记了等在门外的伙伴。等我走出圣母院时，那位老兄早已不见了踪影。

我一直后悔事先没向他要荷兰的通信地址。共过一个多月患难的旅伴，临了就这么不辞而别，真令人怅然。

每逢听到谁的婚姻由于双方生活旨趣不同而触礁时，我就想起我那位旅伴。要是兴趣、生活方式合不来，而又非得在一起生活不可，那真是苦事。

身份

从法国西北角的加莱港上船，跨过波涛汹涌的英吉利海峡，就来到以雪白峭壁闻名于世的多佛港——由法入英境的主要港口。

在移民局前排队时，我才发现大部分旅客都是听到战讯，中断了在大陆上的度假，赶回老家的。唯独我这个东方人，却是前来要在战火中执教鞭的。战局当时虽然还很沉寂——史学家通称那段日子为"莫名其妙的战争"，但英国毕竟不能不考虑到，今后的日子怎么过呢？一个食物不能自给的岛国，平时靠着老大帝国的派头，什么都从殖民地运来。如今，有的商船征为军用了，能用于海上运输的，也得去冒挨潜艇鱼雷炸沉的风险。

哪能再让外国人入境呢！所以当那位移民局官员皱起眉头来回翻着我的护照，犹豫不决时，我一点也不怪他。然而我的护照里又明明夹着伦敦大学发给我的聘书，老远来了，拒绝我上岸总说不过去。英国人真会折中，他终于还是在我的护照上打了个大图章，旁边注上："暂准入境两月，以后如何，请内务部裁夺。"就这样，他把矛盾上交了。

后来，那两个月就变成了七年。

我至今不解，何以我——以及所有那时旅英的中国人，都被划为"敌性外侨"。有人向我解释说，加了这么个"性"字，可大大不同了。没有那个字，就得进拘留营里。然而作为"敌性外侨"，晚上六点以后就不许出门，不许到离海岸三英里的地方去——因而我始终没能见到我仰慕多年的女作家伍尔芙夫人。她那时住在南海岸的苏塞克斯郡。等我的身份随着珍珠港事变而改变了时，她已投河自尽了。我是在她死后九个月才去她的故居的，由她的丈夫陪同，到曾经结束了这位卓绝艺术家的生命的那条河去凭吊。

谈起身份改变，来得也真是突然。珍珠港事变的第二天，英美忽然发现原来中国老早就在极其艰苦的情况下，同东方的法西斯作战了。一夜之间，我就从一个"敌性外侨"变为"伟大盟邦的公民"了。

那天坐在公共汽车上，我忽然感到后颈上一股酒臭气。一个中年乘客在我耳际大声嚷着："嗨，你押错了宝！你押错了宝！"我猛地意识到，他是把我当成日本人了，就回过头去向他解释说："先生，你弄错了，我是中国人！"

这个醉鬼听了，马上挪到前边来，紧贴在我身边坐下。他至少也喝了大半瓶威士忌，满脸通红，额上青筋凸起。他不是军人，可先向我敬了个礼，然后扯着嗓门嚷道："啊，中国，孔夫子的中国！"说完，就硬要我同他握手。

接着他又嚷："啊，中国，发明了火箭的中国！"话音未落，又抓住我的手，死死握了一通。

他滴溜溜地转着眼睛，看来是在搜索枯肠地想着有关中国的名堂。"啊，中国，万里长城的中国！"随后，又抓住了我的手。

……

看得出,他是要无止无休地这么搞下去了,而那股冲向我的浓重酒气快使我窒息了。我赶快在下一站提前下了车。

然而我不能不佩服那位醉鬼知识之渊博。

配给

一去警察局报到后,立刻就领到食物和衣服的配给证。

英法两国虽是近邻,在战时配给上,却各有特点。即便在那样艰苦的时刻,法国的配给也包括一瓶红酒和几两咖啡——事实上,真咖啡早已绝迹,发的是把橡籽儿烤焦后磨成的末末。英国的配给没有咖啡,也没有酒,却有茶和糖。茶是锡兰(即今斯里兰卡)出的那种涩得要命的黑茶,所以非放糖不可。

英国人不但讲究每天下午四点吃茶,而且还喜欢轮流举行茶会。开战以来,尽管茶和糖都实行配给了,茶会还是照常举行。这也是一种对希特勒的挑战吧。几乎每个星期我都得赴一两次茶会。最常去的是研究中国科学史的李约瑟家和20年代曾访问过我国的哲学家罗素那儿。那时,去赴酒会,总设法买上一瓶酒带去。赴茶会则带上一小包糖和一小包茶叶。主人收下时,照例说一声:"你想得真周到。"

后来当了随军记者,在战地上经常发一种"K配给"。我始终不知道K这个字母代表什么,反正它很像今天在飞机上发的那种餐盒,里面有饼干、巧克力,还有香烟。1944年巴黎解放后,我请友人钱能欣夫妇去歌剧院看表演,每个人膝头上就各放了那么一匣"K配给"。

听说近些年来,英国大抓农产品自给了,鸡蛋甚至还出口。甩掉了"大英帝国"这个包袱后,英国也自力更生起来。当帝国还未解体时,英国人吃的大多靠海外。去副食品商店买鸡蛋时,店员会问:"要爱尔兰的,丹麦的,还是中国的?"牛油和干酪,不是来自加拿大,就是新西兰。英国人喜欢草坪。在苏格兰内地旅行,有时一整座山都归私人所有，而且尽管打仗，草坪上什么也不种。在德国潜艇闹得最凶，也就是英国商船被击沉的比率最高时，丘吉尔亲自抓战时农业了，特意在距唐宁街十号一箭之遥的议会方场中央种起土豆，作为一种提倡。

其实，战时食物配给只迫使下层社会勒紧了裤带，真正有钱的人在高级餐馆里照样什么都能吃到。每次去伦敦，我总到中国饭馆去饱餐一顿。老板一见是自己同胞，也格外照顾。我坐下来就对服务员说，来吧，什么肉多，给我来什么。

平时，一个月也吃不上一斤肉。天天是鳕鱼，都吃怕了。

1945年3月，我同一批外国记者乘护航轮跨过大西洋，去旧金山采访联合国大会。一上岸，我们都一溜烟儿钻进最近的餐馆。我记得摆在我盘子里的那块猪排，简直像砖头一样厚。大家一边狼吞虎咽地嚼着，一边赞赏，恰似一群灾民。

从加拿大一路吃起，芝加哥、盐湖城，走到哪里，吃到哪里，恨不得一下子解了六年的馋。到旧金山时，肚子里就厚厚地有了层油水。在宴会上，又文雅得像个绅士了。

轰炸

在伦敦我经历了大规模的轰炸。

开战后，我任教的伦敦大学东方学院立即疏散到剑桥基督学院去了。那时，战争确实有点莫名其妙。西线一点动静也没有。法国士兵还在马奇诺战壕旁种起玫瑰呢。不断谣传说，就要停战了。

1940年6月，伦敦大学搬回了伦敦。那年春夏之交，希特勒的坦克部队长驱直下，已经占领了整个西海岸。至今我也不理解大学里那些书呆子当时是怎么考虑的。反正搬回伦敦没多久，大轰炸就开始了。纳粹那时搞的是"饱和式轰炸"。一个晚上就派来几千架次飞机。像英国中部的考文垂，一夜之间几乎被夷为平地。

那时我住在伦敦西北郊一家公寓里。老板娘和英国首相同姓，我们称她作丘吉尔太太。当时在伦敦找个接纳"有色人种"的公寓还真不大容易，丘太太的公寓里住的全是亚洲人。有三四个中国来的，有个学提琴的锡兰姑娘，还有一个从新加坡来的印度青年拉贾拉南——后来当了新加坡主管外交的副总理。听见警报，我们来得及，就到附近地铁站台上去过夜；如果来不及，也就是说，警报一放，周围高射炮立即响起，说明敌机已临上空，我们就只好立刻就地隐蔽。1983年去新加坡，与拉贾拉南旧友重逢，他还同我一道追忆往事。那时，我俩同住一层楼，有时躲在同一张饭桌底下。其实，要是命中了，躲到哪里也是白搭。我们躲的主要是爆炸后四下飞起的、比刀子还锋利的碎玻璃碴。

有一回，我到著名的社会改革家佛莱女士家去度周末。她住在离伦敦足有40英里的艾利斯伯莱，属白金汉郡，满以为可以睡一宿好觉。汽车到达后，我看到周围十分空旷，还有座小山。可是天一黑，敌机却轮番不停地轰炸，而且离我住的地方很近，所以震耳欲聋。就这样，一直闹到天明。后来才知道，英国人在山麓下搭了座假工厂故意露点亮光。于是,敌机就把山坡当作轰炸的重点。

1944年6月初,希特勒搬出他的"秘密武器"了。先是飞弹,也叫作VI,其实就是现在的导弹。以后又来过些火箭,叫VII,据说是由挪威山里发射到上空六七十公里后,落到预定地点才爆炸的。这两者不但没为他赢得战争,甚至也没能推迟第二战场的开辟。我同VII没打过交道。然而有一阵子,飞弹的威胁要比1940年的大轰炸更为严重。

当时,伦敦的空防主要靠高射炮、气球和战斗机。1940年,纳粹轰炸机白天还不敢来袭,飞弹则昼夜不停地来。一则它里头没有人,二则它造价低,据说一架战斗机的钱可以造几十颗飞弹。那一阵子,伦敦满天都是这种凶恶玩意儿。我们常站在高坡上看,就像一群群大雁似的。它先是在天空一打转,然后扎下来,落地就爆炸,破坏力相当大。1940年大轰炸中幸免的一些建筑,却被飞弹炸中了。

伦敦居民对这玩意儿有些怕,可又好奇。最初,不少人都驻足观看，等它在天空一打转，再找地方掩蔽。希特勒也真会开玩笑。后米，他把飞弹的规律改了：它在天空打个转儿之后，接着又往前飞去，指不定几个回合才往下落。

我住的地方挨过炸，但当时我早下地铁了。只有一次，我到别人家去度周末，主人夫妇出去赴晚宴，留我看家，刚刚上床，就放了警报，敌机随即飞临上空。我穿着睡衣就连忙躲到底层楼梯下面。只听见那幢三层小楼一声巨响，原来它中了烧夷弹。顿时楼上一片火光，四下里黑烟弥漫，令人窒息。

在浓烟中，我被民间自行组织的救护队员背出火场，一直送到附近的救护站。

在惊恐中，我喝到一生最美味的一杯热可可。

友情

大轰炸中，朋友之间的交往并未中断。

那时，我住在汉姆斯台德一幢四层楼公寓的地窨子里。那间房子足有四十来平方米，一头是床，另一头算是起居室。我的伴侣是一位希腊朋友送的一只猫，叫瑞雅——就是1957年被人编造成神话的那只。

有一天，听到叩门声，原来《印度之旅》的作者E.M.福斯特来看我了。他也爱猫。他家那只叫汤姆。进门，他就饶有风趣地说：

"我代表汤姆看望瑞雅来了。"接着，他打开一个手帕包，里面是一点猫食。

战争期间，连猫食也缺了，市场上出现一种"人造猫食"，看起来有点像咱们的麻碴子。那天福斯特为我的瑞雅带来的，正是这种"新产品"。我当然立刻把瑞雅抱过来说："瞧，福斯特先生老远给你带来汤姆的礼物，快来尝尝吧！"

岂料我那只猫胃口很刁。它先抬头望望微笑着的福斯特，像是赏脸似地弯下身，把鼻孔凑近礼物闻了闻，然后扭头不屑地踱开了。

这可使我狼狈了。福斯特心里大概也不那么对劲。他还是很体贴地说："瑞雅恐怕还不习惯。也许等我走了，它就会吃了。"我连忙说，想必是如此。

我去剑桥王家学院做研究生，就是福斯特和英国汉学家阿瑟·魏理二位推荐的。他们都是那个学院的校友。

魏理的中文真可以说是自学的。他告诉我，20年代丁文江赴德国路过伦敦时，曾教了他十几天中文。那时魏理在英国博物馆负责保管中国图章。打那以后，他就动手翻译中国古典文学，从四书、老庄、唐诗——特别是白居易，到《红楼梦》。他还译过日本的《源氏物语》和《枕草子》。

打仗的时候，像他那样过了兵役年龄的自由职业者，照样也得为战争服务。他供职新闻部，负责检查电文信件。因此，那时我给《大公报》写的大量通讯，都经他检查过。

文人显然不大会保密。他时常露馅。有一次他对我说："昨天你那篇文章，头上可给我剪掉了。"更糟的是，他在英国一份重要文艺刊物《地平线》上，发表了一首"仿中国诗体并赠萧乾"的诗，题名《检查》。经过"十年动乱"，我那本《地平线》自然早已不存在了。

1979年访美时，在聂华苓家看到那年10月11日的台湾《联合报》，副刊上登着香港中文大学余光中教授的译文。诗曰：

我做了检查官一年又三个月，

办公的大楼已四度被炸；

窗上的玻璃、木板、糊纸，

依次被炸碎，只剩下残框。

洗澡、保暖、炊食都困难，

有时更短缺煤气和水电。

检查官的守则难以奉行，

半年之中竟有一千条"作废"。

空袭法规逐日在变更，

官方的命令也颁得不分明。

可以提海罗，不可提德黎跟汤姆；

可以说起雾，不可以说下雨。

薄纸上乱涂一气的日本，

字迹潦草，读来真伤眼。

一间斗室装十架电话，

和一架录音机，我怎能专心，

用蓝笔删改不过是儿戏，

卷宗的纠结并不太难解。

外国的新闻也不难检查，

难的是检查我今日的心事

难的是坐视盲人骑瞎马，

向无底的深渊闯去。

译者余光中在注释中说："魏理诗末用了《世说新语》的危言来形容欧洲的局势，盲人骑瞎马可以指希特勒，也可以泛指人类。"

今天读来，觉得它不但透露了一个检查官的矛盾心境，也描绘了当时伦敦政府部门在大轰炸中的景象。

战时广播

战争一开始，大概是为了防空的原因吧，英国立刻就把电视停了，然而广播却一直也没有停过，而且由于灯火管制，很多人夜晚不大出门了，收听率大大高出平时。

那时英国的广播电台除新闻之外,有几个特别受欢迎的节目。一个是《广播大夫》,是固定由一个人来播的。他语调亲切,声音沉着老成,而且富于风趣。估计实际上有个医生小组负责研究听众提出的问题,由这个人来作答。

还有个节目叫《智囊团》,每周一次。参加者有教授、记者、议员等,大多是全国知名人士。由主持人提问,然后一一作答,办法类似学生口试。问题事先概不透露,考的是机智和知识面。因属突然袭击,经常出现十分有趣的局面。座中有位哲学家找到了个窍门:他专好编造一些妙句,硬作为引自我国孔子。反正也没有汉学家在场,无从对质,只好随他去了。

节目中收听率最高的,还是丘吉尔首相每星期一晚上向全英国人民的谈话。讲稿估计是出自高手,他本人又耍过笔杆。每次都从战局谈到家常,亲切、幽默、娓娓动听,有时还十分感人,是最好的战时动员。后来罗斯福总统也采用了这个同广大民众促膝谈心的方式。

记得他的讲话是放在星期五,节目就叫《炉畔恳谈》。

英国人在战时,还收听另外一种广播:纳粹德国为了瓦解英国人心,由一个投敌分子威廉·齐伊思用英语来播。他自称是哈哈贵族,语调尖酸,声音可憎。英国政府从未禁止收听那个敌台。收听的人越听,越对纳粹一伙加深仇恨。声音是哈哈贵族的,内容和语调显然是戈培尔的。

亡国恨

我很幸运,生平没在沦陷区待过一天,可是柏林攻克后,我却目睹了战败德国的惨状。

一开进德境,联军最高统帅部就下了一道命令:不许与敌国人有任何交往,违者一律以军法惩处。那时,在部队路过的休整站上,服务员照例都是些德国战俘。他们穿的仍旧是希特勒发给他们的墨绿色军服,只是去掉了标志军级的章。当他们毕恭毕敬地端上咖啡时,我们倒想问问他们是几个星的将军呢!

当然，没人敢那么问，甚至也不敢正眼望望殷勤地为我们服务的人，因为到处都写着："无论战俘为你做什么，一律不准道谢。"这实际上大大违反西方社会的习惯。那里，每个人一天五十声"谢谢"也打不住。如今，硬得把"谢"字咽了回去。

我心想，战火又不是这些战俘放的，何必拿他们撒气！所以当一名战俘弯下腰去替我擦完皮鞋之后，我总用眼睛朝他表示一下谢意。

波茨坦会议之前，我们暂时驻扎在柏林西南郊兹林道夫一个老百姓家里。现在回想起来，说不定屋主还是一位卓绝的艺术家呢！一回我上厕所，一个身材矮小、留着络腮胡子的中年男子鬼鬼祟祟地尾随进去。他偷偷地从上衣前襟里掏出一小幅水彩画，画的仿佛是湖景。他用蹩脚的英语吞吞吐吐地问我，可不可以换给他点香烟（战后一个时期，美国香烟几乎是西欧的通用币）。

画，我只瞟了一眼，没敢接；香烟，尽我身上带的十几支，悄悄地全递给了他，就赶紧走去了。

去秋我重访联邦德国时，在慕尼黑看到揭露纳粹的展览会。我思忖道：德国人恨希特勒，应该不在他人之下。一个自尊心那么强的民族，一时间竟沦为亡国奴，他们怎能不恨！

然而当年德国人也真挺得住。在被轰炸过的柏林街道上，我看到男男女女整齐地排成长队。他们不是在抢购什么短俏物资，而是在把烧焦了的砖头一块块地从废墟上递出来。我望着他们那严肃认真的面孔，心里说："这个民族是亡不了的。"

（1985年5月1日—5月30日《北京晚报》）

北京城杂忆

市与城

如今晚儿,刨去前门楼子和德胜门楼子,九城全拆光啦。提起北京,谁还用这个"城"字儿!我单单用这个字眼儿,是透着我顽固,还是想当个遗老?您要是这么想可就全拧啦。

咱们就先打这个"城"字儿说起吧。

"市"当然更冠冕堂皇喽，可在我心眼儿里，那是个行政划分，表示上头还有中央和省呢。一听"市"字，我就想到什么局呀处呀的。可是"城"使我想到的是天桥呀地坛呀，东安市场里的人山人海呀，大糖葫芦小金鱼儿什么的。所以还是用"城"字儿更对我的心思。

我是羊管儿胡同生人，东直门一带长大的。头18岁，除了骑车跑过趟通州，就没出过这城圈儿。如今奔76啦，这辈子跑江湖也到过十来个国家的首都，哪个也比不上咱们这座北京城。北京"市"，大家伙儿现下瞧得见，还用得着我来唠叨！我专门说说北京"城"吧。

谈起老北京来，我心里未免有点儿嘀咕！说它坏，倒落不到不是。要是说它好，会不会又有人出来挑剔？其实，该好就是好，该坏就是坏，用不着多操那份儿心。反正好的也说不坏，坏的说成好，也白搭。您说是不是这个理儿？

况且时代朝前跑啦。从前用手摇的，后来改用马达了——现在都使上电子计算机啦。这么一来，大家伙儿自然就不像从前那么闲在了,所以有些事儿就得简单点儿。就说规矩礼数吧,从前讲究磕头、请安、作揖。那多耽误时候!如今点个头算啦。我赞成简单点。您瞧,我这人不算老古板吧!

可凡事都别做过了头。就拿"文明语言"来说吧。本来世界上哪国也比不上咱北京人讲话文明。往日谁给帮点忙,得说声"劳驾";送点儿礼,得说"费心";向人打听道儿,先说"借光";叫人花了钱,说声"破费"。光这一个"谢"字儿,就有多么丰富、讲究。

现在倒好,什么都当"修",给反掉啦,闹得如今北京人连声"谢谢"也不会说了,还得政府成天在电匣子里教,您说有多臊人呀!那简直就像大学生又穿起开裆裤来,还不大乐意穿了,要么就是少林寺的大和尚连柔软体操也练不利落。

您说怎么不叫我这老北京伤心掉泪儿!

1985年11月11日《北京晚报》载《北京城杂忆》首篇

京白

50年代为了听点儿纯粹的北京话,我常出前门去赶相声大会,还邀过叶圣陶老先生和老友严文井。现在除了说老段子,一般都用普通话了。虽然未免有点儿可惜,可我估摸着他们也是不得已。您想,现今北京城扩大了多少倍!两湖两广陕甘宁,真正的老北京早成"少数民族"啦。要是把话说纯了,多少人能听得懂!印成书还能加个注儿。台上演的,台下要是不懂,没人乐,那不就砸锅啦!

所以我这篇小文也不能用纯京白写下去啦。我得花搭着来——"花搭"这个词儿,作兴就会有人不懂。它跟"清一色"正相反:就是京白和普通话掺着。

京白最讲究分寸。前些日子从南方来了位愣小伙子来看我。忽然间他问我"你几岁了?"我听了好不是滋味儿。瞅见怀里抱着的、手里拉着的娃娃才那么问哪。稍微大点儿,上中学的,就得问"十几啦?"问成人"多大年纪？"有时中年人也问"贵庚"，问老年人"高寿"，可那是客套了，我赞成朴素点儿。

北京话里，三十"来"岁跟三十"几"岁可不是一码事。三十"来"岁是指二十七八，快三十了。三十"几"岁就是三十出头了。就是夸起什么来，也有分寸。起码有三档。"挺"好和"顶"好发音近似，其实还差着一档。"挺"相当于文言的"颇"。褒语最低的一档是"不赖"，就是现在常说的"还可以"。代名词"我们"和"咱们"在用法上也有讲究。"咱们"一般包括对方，"我们"有时候不包括。"你们是上海人，我们是北京人，咱们都是中国人。"

京白最大的特点是委婉。常听人抱怨如今的售货员说话生硬——可那总比带理不理强哪。从前，你只要往柜台前头一站，柜台里头的就会跑过来问："您来点儿什么？""哪件可您的心意？"看出你不想买，就打消顾虑说："您随便儿看，买不买没关系。"

委婉还表现在使用导语上。现在讲究直来直去，倒是省力气，有好处。可有时候猛孤丁来一句，会吓人一跳。导语就是在说正话之前,先来上半句话打个招呼。比方说,知道你想见一个人,可他走啦。开头先说:"您猜怎么着——"要是由闲话转入正题,先说声:"喂,说正格的——"就是希望你严肃对待他底下这段话。

委婉还表现在口气和角度上。现在骑车的要行人让路,不是按铃,就是硬闯,最客气的才说声"靠边儿"。我年轻时,最起码也得说声"借光"。会说话的,在"借光"之外,再加上句"溅身泥"。这就替行人着想了,怕脏了您的衣服。这种对行人的体贴往往比光喊一声"借光"来得有效。

京白里有些词儿用得妙。现在夸朋友的女儿貌美,大概都说:"长得多漂亮啊!"京白可比那花哨。先来一声"哟",表示惊讶,然后才说:"瞧您这闺女模样儿出落得多水灵啊!"相形之下,"长得"死板了点儿,"出落"就带有"发展中"的含义,以后还会更美;而"水灵"这个字除了静的形态(五官端正)之外,还包含着雅、娇、甜、嫩等等素质。

名物词后边加"儿"字是京白最显著的特征,也是说得地道不地道的试金石。已故文学翻译家傅雷是语言大师。20世纪50年代我经手过他的稿子，译文既严谨又流畅，连每个标点符号都经过周详的仔细斟酌，真是无懈可击。然而他有个特点：是上海人可偏偏喜欢用京白译书。有人说他的稿子不许人动一个字。我就在稿中"儿"字的用法上提过些意见，他都十分虚心地照改了。

正像英语里冠词的用法，这"儿"字也有点儿捉摸不定。大体上说，"儿"字有"小"意，因而也往往带有爱昵之意。小孩加"儿"字，大人后头就不能加，除非是挖苦一个佯装成人老气横秋的后生，说："喝，你成了个小大人儿啦。"反之，一切庞然大物都加不得"儿"字，比如学校、工厂、鼓楼或衙门。马路不加，可"走小道儿""转个弯儿"就加了。当然，小时候也听人管太阳叫过"老爷儿"。那是表示亲热，把它人格化了。问老人"您身子骨儿可硬朗啊"，就比"身体好啊"亲切委婉多了。

京白并不都娓娓动听。北京人要骂起街来，也真不含糊。我小时，学校每年办冬赈之前，先派学生去左近一带贫民家里调查，然后，按贫穷程度发给不同级别的领物证。有一回我参加了调查工作。刚一进胡同，就看见显然在那巡风的小孩跑回家报告了。我们走进那家一看，哎呀，大冬天的，连床被子也没有，几口人全蜷缩在炕角上。当然该给甲级喽。临出门，我多了个心眼儿，朝院里的茅厕探了探头。喝，两把椅子上是高高一叠新棉被。于是，我们就要女主人交出那甲级证。她先是甜言蜜语地苦苦哀求。后来看出不灵了，系了红兜肚的女人就叉腰横堵在门坎上，足足骂了我们一刻钟，而且一个字儿也不重，从三姑六婆一直骂到了动植物。

《日出》写妓院的第三幕里，有个家伙骂了一句"我教你养孩子没屁股眼儿"，咒得有多狠！

可北京更讲究损人——就是骂人不带脏字儿。挨声骂，当时不好受。可要挨句损，能叫你恶心半年。

有一年冬天，我雪后骑车走过东交民巷，因为路面滑，车一歪，差点儿把旁边一位骑车的仁兄碰倒。他斜着瞅了我一眼说："嗨，别在这儿练车呀！"一句话就从根本上把我骑车的资格给否定了。还有一回因为有急事，我在人行道上跑。有人给了我一句："干吗？奔丧哪！"带出了恶毒的诅咒。买东西嫌价钱高，问少点儿成不成，卖主朝你白白眼说："你留着花吧。"听了有多窝心！

北京管这种好说损话的人叫三青子。

近来市里那么不遗余力地提倡不要随地吐痰，可每天还看到有些人照样大口大口地吐。我就很想损上他一句："喂，别在这儿大小便！"

吆喝

一位20世纪20年代在北京做寓公的英国诗人写过一篇《北京的声与色》，把当时走街串巷的小贩用以招徕顾客而做出的种种音响形容成街头管弦乐队，并还分别列举了哪是管乐、弦乐和打击乐。他特别喜欢听串街的理发师（"剃头的"）手里那把钳形铁铉。

用铁板从中间一抽,就会嗞啦二声发出带点颤巍的金属声响,认为很像西洋乐师们用的定音叉。此外,布贩子手里的拨浪鼓和珠宝玉石收购商打的小鼓,也都给他以快感。当然还有磨剪子磨刀的吹的长号。他惊奇的是,每一乐器,各代表一种行当,而坐在家里的主妇一听,就准知道街上过的什么商贩。

囿于语言的隔阂,洋人只能欣赏器乐。其实,更值得一提的是声乐部分——就是北京街头各种商贩的叫卖。

听过相声《卖布头》或《关公战秦琼》的,都不免会佩服当年那些叫卖者的本事。得气力足,嗓子脆,口齿伶俐,咬字清楚,还要会现编词儿,脑子快,能随机应变。

我小时候,一年四季不论刮风下雨,胡同里从早到晚叫卖声没个停。

大清早过卖早点的:大米粥呀,油炸果(鬼)的。然后是卖青菜和卖花儿的,讲究把挑子上的货品一样不漏地都唱出来,用一副好嗓子招徕顾客。白天就更热闹了，就像把百货商店和修理行业都拆开来，一样样地在你们门前展销。到了夜晚的叫卖声也十分精彩。

"馄饨喂——开锅！"这是特别给开夜车的或赌家们备下的夜宵，就像南方的汤圆。在北京，都说"剃头的挑子，一头热"。其实，馄饨挑子也一样。一头儿是一串小抽屉，里头放着各种半制成的原料——皮儿馅儿和佐料儿，另一头是一口汤锅。火门一打，锅里的水就沸腾起来。馄饨不但当面煮，还讲究现吃现包。他一手熟练地操着筷子大小的擀面杖，另一只手的掌心就是案板。不消一秒钟就滚出一只三角形的馄饨，讲究皮要薄，馅儿要大。

从吃喝来说，我更喜欢卖硬面饽饽的：声音厚实，词儿朴素，就一声"硬面——饽饽"，光宣布卖的是什么，一点也不吹嘘什么。

可夜晚过的，并不都是卖吃食的，还有唱话匣子的。大冷天，背了一具沉甸甸的留声机和半箱百代公司的唱片。唱的多半是京剧或大鼓。我也听过一张不说不唱的叫"洋人哈哈笑"，一张片子从头笑到尾。我心想，多累人啊！我最讨厌胜利公司那个商标了：一只狗蹲坐在大喇叭前头，支棱着耳朵在听唱片。那简直是骂人。我一直奇怪没人向那家公司提过抗议。那时夜里还经常过敲小钹的盲人，大概那也属于打击乐吧。"算灵卦！"我心想："怎么不先替你自己算算！"还过乞丐。至今我还记得一个乞丐叫得多么凄厉动人。他几乎全部用颤音。先挑高了嗓子喊"行好的——老爷——太（哎）太"，过好一会儿，（好像饿得接不上气儿啦）才接下去用低音喊："有那剩饭——剩菜——赏我点吃吧！"

四季叫卖的货色自然都不同。春天一到，卖大小金鱼儿的就该出来了。我对卖蛤蟆骨朵儿（未成形的幼蛙）最有好感：一是我买得起，花上一个制钱，就往碗里捞上十来只；二是玩够了还能吞下去。我一直奇怪它们怎么没在我肚子里变成青蛙！一到夏天，西瓜和碎冰制成的雪花糕就上市了。秋天该卖"树熟的秋海棠"了。卖柿子的吆喝有简繁两种。简的只一声"喝了蜜的大柿子"。其实满够了。可那时的小贩都想卖弄一下嗓门儿，所以有的卖柿子的不但词儿编得热闹，还卖弄一通唱腔。最起码也得像歌剧里那种半说半唱的道白。一到冬天,"葫芦儿——刚蘸得"就出场了。那时,北京比现下冷多了。我上学时鼻涕眼泪总冻成冰。只要兜里还有个制钱,一听"烤白薯哇真热乎",就非买上一块不可。一路上既可以把那烫手的白薯揣在袖筒里取暖,到学校还可以拿出来大嚼一通。

叫卖实际上就是一种口头广告,所以也得变着法儿吸引顾客。比如卖一种用秫秸杆制成的玩具,就吆喝:"小玩意儿赛活的。"有的吆喝告诉你制作的过程,如城厢里常卖的一种近似烧卖的吃食,就介绍得十分全面:"蒸而又炸呀,油儿又白搭。面的包儿来,西葫芦的馅儿啊,蒸而又炸。"也有简单些的,如"卤煮喂,炸豆腐哟"。有的借甲物形容乙物,如"栗子味儿的白薯"或"萝卜赛过梨"。"葫芦儿——冰塔儿"既简洁又生动,两个字就把葫芦(不管是山楂、荸荠还是山药豆的)形容得晶莹可人。卖山里红(山楂)的靠戏剧性来吸引人,"就剩两串儿啦"。其实,他身上挂满了那用绳串起的紫红色果子。

有的小贩吆喝起来声音细而高,有的低而深沉。我怕听那种忽高忽低的。也许由于小时人家告诉我卖荷叶糕的是"拍花子的"——拐卖儿童的,我特别害怕。他先尖声尖气地喊一声"一包糖来",然后放低至少八度,来一声"荷叶糕"。这么叫法的还有个卖荞麦皮的。有一回他在我身后"哟"了一声,把我吓了个马趴。等我站起身来,他才用深厚的男低音唱出"荞麦皮耶"。

特别出色的是那种合辙押韵的吆喝。我在小说《邓山东》里写的那个卖炸食的确有其人,至于他替学生挨打,那纯是我瞎编的。有个卖萝卜的这么吆喝:"又不糠来又不辣,两捆萝卜一个大。""大"就是一个制钱。甚至有的乞丐也油嘴滑舌地编起快板:"老太太(那个)真行好,给个饽饽吃不了。东屋里瞧(那么)西屋里看,没有饽饽赏碗饭。"

现在北京城倒还剩一种吆喝,就是"冰棍儿——三分啦"。语气间像是五分的减成三分了,其实就是三分一根儿。可见这种带戏剧性的叫卖艺术并没失传。

昨天

20世纪40年代,有一回我问英国汉学家魏理怎么不到中国走走,他无限怅惘地回答说:"我想在心目中永远保持着唐代中国的形象。"我说,中国可不能老当个古玩店。去秋我重访英伦,看到原来满是露天摊贩的剑桥市场,盖起纽约式的"售货中心",失去了它固有的中古风貌,也颇有点不自在。继而一想,国家、城市,不能老当个古玩店。

为了避免看官误以为我在这儿大发怀古之幽思,还是先从大处儿说说北京的昨天吧。意思不外乎是温故而知新。

还是从我最熟悉的东城说起吧。拿东直门大街来说,当时马路也就现在四分之一那么宽,而且是土道,上面只薄薄铺了一层石头子儿,走起来真硌脚!碰上刮风,沙土能打得叫人睁不开眼。一下雨,我经常得趟着"河"回家。我们住的房还算好,只漏不塌,不然我也活不到今天了。可是只要下雨（记得有一年足足下了一个月！）家里和面的瓦盆，搪瓷脸盆，甚至尿盆就全得请出来，先是滴滴嗒嗒地漏，下大发了就哗哗地往下流。比我们更倒霉的还有的是呢，每回下雨都得塌几间，不用说，就得死几口子。

那时候动不动就戒严。城门关上了，街上不许走人。街上的路灯比香头亮不了多少，胡同里更是黑黢黢的。记得一回有个给人做活计的老太太，挎着一包袱棉花走道儿，一个歹人以为是皮袄，上去就抢。老太太不撒手。那家伙动了武，老太太没气啦。第二天就把那凶手的头砍下来，挂在电线杆子上。

看《龙须沟》看到安自来水那段，我最感动了。那时候平民只能吃井水，而且还分苦甜两种。比较过得去的，每天有水车给送到家。水车推起来还吱吱咕咕地叫，倒挺好听的。我们家自己钉了个小车，上头放两只煤油桶，自己去井台上拉，可也不能白拉。

这几年在北京不大看见掏粪的了。那时候除了住在东单牌楼一带的洋人和少数阔老，差不多都得蹲茅坑，所以到处都过掏粪的。粪是人中宝。所以有粪霸，也有水霸，都各有划分地带，有时候也闹斗殴。

至于垃圾，满街都是，根本没有站。北京城有两个地名起得特别漂亮：一个是护国寺旁边的"百花深处"；一个是我上学必经过的"八宝坑"。可笑的是，这两个地方那时堆的垃圾都特别多，所以走过时也特别臭。

我小学一二年级的时候，北京有电车了。起初只从北新桥开到东单。开的时候驾驶员一路得很有节奏地踩着脚铃，所以也叫"叮当车"。我头回坐，还是冰心大姐的小弟为楫请的。从北新桥上去没多会儿，就听旁边有人嘀咕："这要是一串电，眼睛还不瞎呀！"我听了害起怕来。票买到东单，可我一到十二条就非下去不可。我一回想这件事心里就不对劲儿，因为这证明那时我胆儿有多么小！

20世纪50年代为防细菌战，北京不许养狗了，真可我心意。小时候我早晨送羊奶，每次撂下奶瓶取走空瓶时，常挨狗咬。那阵子每逢去看人，拍完门先躲开，老怕有恶犬从里头扑出来。1945年在德国看纳粹集中营的种种刑具时,对我最可怕的刑罚是用十八条狼犬活活把人扯成八瓣儿咬死。

那时出门还常遇到乞丐。一家大小饿肚皮,出来要点儿,本是值得同情的。可有些乞丐专靠恐怖方法恶化缘。在四牌楼一家铺子门前,我就见过一个三十来岁满脸泥污的乞丐,他把自己的胳臂用颗大钉子钉在门框上,不给或者不给够了,就不走。更多的乞丐是利用自己身上的脏来讹诈。他浑身泥猴儿似的紧紧跟在你身后。心狠的就偏不给,叫他跟下去,但一般总是快点儿打发掉了心净。可是这个走了,另一群又会跟上来。

另外还有变相乞丐,叫"报喜歌儿"的。听见哪家有点儿喜事,左不是新婚,孩子满月,要不就是老爷升官,少爷毕业,他们就打着竹板儿到门前念起喜歌了。也是不给赏钱不走。要是实在拿不到钱,还有改口念起"殃歌儿"来的呢。比方说,在办喜事的家门口念道:"一进门来喜冲冲,先当裤子后当灯。"完全是咒话。

比恶化缘更加可怕的,是"过大车的"。我就碰上过一回，那时候我刚上初中，好几宿都睡不踏实。"大车"就是拉到天桥去执行枪毙的死囚车，是辆由两匹马拉的敞车。车沿上坐着三条"好汉"。一个个背上插着个"招子"，罪名上头还画着红圈儿。旁边是武装看守——也许就是刽子手。死囚大概为了壮壮胆，一路上大声唱着不三不四的二黄。走过饽饽铺或者饭馆子，就嚷着停下来，然后就要酒要肉要吃的，一边大嚼还一边儿唱。因为是活不了几个钟头的人了，所以要什么就给什么。

那时候管警察叫巡警。经常看到他们跟拉车的作对。嫌车放得不是地方，就把车垫子抢走，叫他拉不成。另外还有侦缉队，专抓人的。我就吃过他们的苦头。后来又添上戴红箍的宪兵。可是最凶的还是大兵（那时通称作丘八），因为他们腰里挂着盒子炮。我永远忘不了去东安市场吉祥戏院碰上的那回大兵砸戏馆子。什么茶壶板凳全从楼上硬往池子里扔。带我去的亲戚是抱着我跳窗户逃出的。打那儿，我就跟京戏绝了缘。

我说的这些都不出东城。那时候北京真正的黑世界在南城。1950年我采访妓女改造，才知道八大胡同是怎样一座人间地狱。我一直奇怪市妇联为什么不把那些材料整理一下，让现今的女青年们了解了解在昨天的北京，"半边天"曾经历过什么样的年月。

把昨天拿来一比，自然就更珍爱今天，对明天也更有信心了。

行当

每逢走过东四大街或北新桥，我总喜欢追忆一下五十年前那儿是个什么样子。就说店铺吧，由于社会的变迁，不少行当根本消灭了，有的还在，可也改了方式和作用。

拿建筑行当里专搭脚手架的架子工来说，这在北京可是出名的行当。20世纪50年代我在火车上遇过一位年近七旬的劳模，他就是修颐和园时搭佛香阁的脚手架立的功。现在盖那么多大楼，这个工种准得吃香。可五六十年前北京哪儿有大楼盖呀。那时候干这一行的叫"搭棚的"。办红白事要搭。一到夏天，阔人家院里就都搭起凉棚来了。

那可真是套本事！拉来几车杉蒿、几车绳子和席，把式们上去用不了半天工夫，四合院就覆盖上了。下边你爱娶媳妇办丧事，随便。等办完事，那几位哥儿们又来了。噌噌噌爬上房，用不了一个时辰又全拆光；杉蒿、席和绳子，全分门别类，有条不紊地放回大车上拉走了。

整个被消灭的行业，大都同迷信有关系。比如香烛冥纸这一行。从北新桥到四牌楼，就有好几家。那时候一年到头，香没完没了地烧，平常在家里烧，初一、十五上庙里烧。腊月二十三祭灶烧，八月十五供兔儿爷烧。一到清明，家家更得买点子冥纸。一张白纸凿上几个窟窿，就成制钱啦。金纸银纸糊成元宝形，死人拿到更阔气了。还有钞票：上面印着鄷都银行，多少圆的都有。拿到坟上去烧，一边儿烧，一边儿哭天号地。等腊月祭灶，就更热闹了。为了贿赂灶王爷，让他"上天言好事，下地保平安"，就替他烧个纸梯子，好像他根本没有上天的本事；并且要烧点子干豌豆，说是为了喂他的马。小时候祭完灶,我就赶快去灰烬里扒那烧糊了的豆子吃,味道美滋滋的。不过吃完了嘴巴两边甚至半个脸就全成炭人儿啦。

现在糊灯笼和糊风筝的高手是工艺美术家了。那时候,还有糊楼库的。这种铺子也到处都是。办丧事的,怕死人到阴间在住房和交通工具上发生困难,就糊点子纸房子纸车纸马,有时还糊几名纸仆人。到7月盂兰节,就糊起法船来了,好让死人在阴间超度苦海,早早到达西天。这些都先得用秫秸秆儿搭成架子,然后糊上各种颜色的纸。工一个比一个细。糊人糊马讲究糊得惟妙惟肖,可到时候都一把火烧掉。有时候还专在马路当中去烧!

这就说起那时候办红白事来了。

先说结婚吧,那当然全由家里一手包办喽,新婚夫妇到了洞房才照面儿。订婚时,男方先往女方家里送鹅笼酒海,一排排的。那鹅一路上还从笼里伸出脖子来一声声地吼。做闺女的没出阁,就先得听几天鹅叫,越叫越心慌。女方呢,事先就一挑挑地往男家送嫁妆:

从茶壶脸盆，铺盖衣服，掸瓶梳妆台到硬木家具。

那时候的交通警可不好当。娶亲的花轿，出殡的棺材，都专走马路当中。棺材上面还罩个大盖子，起码也得八个"杠"——就是八个穿了蓝短褂的壮汉来抬，最多的到六十四人杠。前面的执事还得占上半里地。娶亲的，花轿一般也是八个人抬。走在前边的执事可热闹啦！有刀枪剑戟，有斧钺钩叉。到女家，女方还先把门关严，故意不开。外头敲锣打鼓，里头故意刁难，要乐师吹这个奏那个。再说，明明是白天，执事里干吗举着木灯？后来学人类学才懂得，那明明是俘虏婚姻制的遗留。

20世纪30年代，我在燕京大学念书的时候，教务长梅贻宝先生结婚就特意用过花轿，新娘还是一位女教授。当时是活跃了校园的一桩趣事。

丧事呢，也涉及不少行业。我那时最怕走过寿衣铺。那是专卖为装殓死人用的服装店。枕头两头绣着荷花，帽子上还嵌着颗珠子。

有段快板是说棺材铺的："打竹板的迈大步，一迈迈到棺材铺。棺材铺掌柜的本事好，做出棺材来一头大一头小。装上人，跑不了。"

那时候还有个行当，大都是些无业游民干的：专靠替人哭鼻子来谋生，叫号丧的。马路上一过出殡的，棺材前头常有这么一帮子，一个个缩着脖，揣着手，一声声地哀号着，也算是事主的一种排场。

这些，比我再小上一二十岁的人必然也都看见过。现在回顾一下这些可笑可悲的往事，可以看出现在社会的进步，就表现在人不那么愚昧了，因而浪费减少了。

可不知道21世纪的人们再回过头来看今天的我们，又还有哪些愚昧和浪费呢？

方便

现在讲服务质量，说白了就是个把方便让给柜台里的，还是让给柜台外的问题（当然最好是里外兼顾）。这是个每天都碰到的问题。比方说，以前牛奶送到家门口，现在每天早晨要排队去领。去年是卖奶票，今天忙了，或者下大雨，来不及去取，奶票还可以留着用。现在改写本本了，而且"过期作废"，这下发奶的人省事了，取奶的人可就麻烦啦。

"文革"后期上"干校"之前，我跑过几趟废品站，把劫后剩余的一些够格儿的破烂，用自行车老远驮去。收购的人大概也猜出那时候上门去卖东西的，必然都是些被打倒了的黑帮，所以就百般挑剔，这个不收，那个不要。气得我想扔到它门口，又觉得那太缺德，只好又驮回去。

以前收购废品的方式灵活多了，并不都是现钱交易。比方说，"换洋取灯儿的"就是用火柴来换废纸。"换盆儿的"沿街敲着挑子上的新盆吆喊。主妇们可以用旧换新。有时候是两三个换一个，有时候再贴上点钱。如今倒好，家里存了不少啤酒瓶子，就是没地方收！

说起在北京吃馆子难，我就想起当年（包括20世纪50年代）"挑盒子菜的"。谁家来了客人，到饭馆子言语一声，到时候就把点的菜装到两个笼屉里，由伙计给挑家来了。也可以把饭馆里的厨师请到家里来掌勺。那时候有钱就好办事。现在有时候苦恼的是：有钱照样也干着急。

我小时门口过的修理行业简直数不清。现在碟碗砸了，一扔了事。以前可不是。门口老过"锔盆儿锔碗儿的"，挑子两头各有一只小铜锣，旁边拴着小锤儿，走起来就奏出细小的叮当响声。这种人本事可大啦。随你把盆碗摔得多么碎，他都能一块块地给对上，并且用黏料粘好，然后拉着弓子就把它锔上啦。每逢看到考古人员拼补出土文物时，我就想，这正是"锔盆儿锔碗儿的"拿手本领。

有一回，我跟一位同学和他母亲去东四牌楼东升祥买布。同去的还有他的小弟，才3岁。掌柜的把我们迎进布铺之后，伙计就把那小弟弟抱上楼去玩了。买完布，我们上楼一看，店里有个小徒弟正陪着那小弟弟玩火车哪。原来楼上有各种玩具，都是为小顾客准备的。掌柜的想得多周到！这么一来，大人就可以安心去挑选布料啦。

去年，我在德国参观一家市立图书馆。走进一间大屋子，里面全是三五岁的娃娃，一个个捧着本画儿书在乱翻。一问，原来主妇们带娃娃来看书，可以把孩子暂时撂在那里同旁的娃娃玩，有专人照看。这样，还早早地就培养起孩子们对书的爱好。想得有多妙！当时我就想起了东升祥来。

现在搬个家可难啦。有机关的还可以借辆卡车，来几位战友儿帮忙。没机关的可就苦啦。以前有专门包搬家的。包，就是事先估好了一共需要多少钱；另外，包也就是保你样样安全运到。家主只在新居里指指点点。这张桌子摆这儿，床摆那儿。搬完了，连个花盆也砸不了。

那时候要是不怕费事，走远点儿可以按批发价钱买点儿便宜货。我就常蹬车去果子市买水果，比铺子里按零售价便宜多了。1983年在美国，有一天我们郊游走过一蜜瓜农场。文洁若花一美元买了3个大瓜。回来我们一合计，在超级市场一元钱也买不到半个瓜。我就想，在水果蔬菜旺季，要是北京也鼓励人到产地去买，不是可以减少些运输的压力，对买主也更实惠吗？

每逢在国外看到跳蚤市场，我就想北京德胜门晓市。那是个专卖旧货的地方。据说有些东西是偷来的黑货。晓市天不亮就开张，所以容易销赃。我可在那儿上过几回当。一次买了双皮鞋，没花几个钱，还擦得倍儿亮。可买回穿上没走两步，就裂口啦。原来裂缝儿是用糨糊或泥巴填平，然后擦上鞋油的！

我最怀念的，当然是旧书摊了。隆福寺、琉璃厂——特别是年下的厂甸。我卖过书、买过书，也站着看过不少书。那是知识分子互通有无的场所。20世纪50年代，巴金一到北京，我常陪他逛东安市场旧书店。他家那七十几架书（可能大都进了北图）有很大一部分是那么买的呢。

我希望有一天北京又有了旧书摊，就是那种不用介绍信，不必拿户口本就进得去的地方。

痕迹

世界上像北京设计得这么方方正正、匀匀称称的城市，还没见过。因为住惯了这样布局齐整得几乎像棋盘似的地方，一去外省，老是迷路转向。瞧，这儿以紫禁城（故宫）为中心，九门对称，前有天安，后有地安，东西便门就相当于足球场上踢角球的位置。北城有钟鼓二楼，四面是天地日月四坛。街道则东单西单、南北池子。全城街道就没几条斜的，所以少数几条全叫出名来了：樱桃斜街，李铁拐斜街，鼓楼旁边儿有个烟袋斜街。胡同呢，有些也挨着个儿编号：头条二条一直到十二条。可又不像纽约那样，一排排个几十条。北京编到十二条，觉得差不离儿，就不往下编了。改叫起名字来。什么香饵胡同呀，石雀胡同呀，都起得十分别致。

当然，外省也有好听的地名。像上海二马路那个卖烧饼油条的"耳朵眼儿"，伦敦古城至今还有条挺窄又不长的"针线胡同"。可这样有趣儿的街名都只是一个半个的。北京城到处都是这样形象化的地名儿，特别是按地形取的，什么九道湾呀，竹竿巷呀，月牙、扁担呀。比方说，东单有条胡同，头儿上稍微弯了点儿，就叫羊尾巴胡同。多么生动，富于想象啊！可后来偏偏给改成了"洋溢胡同"？！

我从小喜欢琢磨北京胡同的名儿，越琢磨越觉得当初这座城市的设计者真了不起。不但全局布置得匀称，关系到居民生活的城内设计也十分周密，井井有条。瞧，东四有个猪市，西四就来个羊市。南城有花市、蒜市，北城就有灯市和鸽子市。看来那时候北京城的商业网点很有点儿像个大百货公司，各有分工。紧挨着羊市大街就是羊肉胡同。是一条生产线呀，这边儿宰了那边儿卖，多合理！我上中学时候，猪市大街夜里还真的宰猪。我被侦缉队抓去在报房胡同蹲拘留所的时候，就通宵通宵地听过猪嗞嗞儿叫。

因为是京城，不少胡同当时都是衙门所在地，文的像太卜寺，武的像火药局、兵马司，还有管举人的贡院、练兵的校场，还有掌管谷粮的海运仓和禄米仓。我眼下住的地方就离从前的"刑部街"不远。多少仁人志士大概就在那儿给判去流放或者判处死刑的。

有些胡同以寺庙为名，像白衣庵、老君堂、观音寺、舍饭寺。其中，有些庙至今仍在，像白塔寺和柏林寺。

有些胡同名儿还表现着当时社会各阶层的身份：像霞公府、恭王府，大概就住过皇亲国戚；王大人、马大人必然是些大官儿，然后才轮到一些大户人家，像史家呀魏家呀。

那时候北京城里必然有不少作坊，手艺人相当集中。工人不像现在，家住三里河，上班可能在通州！那时候都住在附近，像方砖厂、盔甲厂、铁匠营。作坊之外，还有规模更大、工艺更高的厂子：琉璃厂必然曾制造过大量的各色琉璃瓦，鼓楼旁边的铸钟厂一定是那时候的"首钢"，外加工艺美术。

有些很平常的地名儿，来历并不平常。拿府右街的达子营来说吧。据说乾隆把香妃从新疆接回来之后，她成天愁眉不展，什么荣华富贵也解不了她的乡思。那时候皇帝办事可真便当！他居然就在皇城外头搭了这么个地方，带有浓厚的维吾尔族色彩。香妃一想家，就请她站在皇城墙上眺望。也不知道那个"人工故乡"，可曾解了她的乡愁！

民国初年，袁世凯就是在北京城这里搞起的假共和，所以北京不少街名带有民国时的痕迹，特别是今天新华社总社所在的国会街。野心家袁世凯就是在那里宣布的临时约法，曹锟也是在那儿闹的贿选。20世纪50年代初期我在口字楼工作过几年，总想知道当时的参众两院设在哪块儿，找找那时议员们以武代文、甩手杖丢墨盒儿的遗迹。

花灯

节日往往最能集中地表现一个民族的习俗和欢乐。西方的圣诞节、复活节、感恩节等节日，大多带有宗教色彩，有的也留着历史的遗迹。节日在每个人的童年回忆中，必然都占有极为特殊的位置。多么穷的家里，圣诞节也得有挂满五色小灯泡的小树。孩子们一觉醒来，袜子里总会有慈祥的圣诞老人送的什么礼物。圣诞凌晨，孩子们还可以到人家门前去唱歌，讨点零花钱。

我小时候，每年就一个节一个节地盼。五月吃上樱桃和粽子了，前额还给用雄黄画个"王"字，说是为了避五毒。纽扣上戴一串花花绿绿的玩意儿，有桑葚，有老虎什么的，都是用碎布缝的。当时还不知道那个节日同古代诗人屈原的关系。多么雅的一个节日呀！七月节就该放莲花灯了。八月节怎么穷也得吃上块月饼，兴许还弄个泥捏挂彩的兔儿爷供供。九月登高吃花糕。这个节日对漂流在外的游子最是伤感，也说明中国人的一个突出的民族特点：不忘老根儿。但最盼的，还是年下，就是现在的春节。

哪国的节日也没有咱们的春节热闹。我小时候，大商家讲究"上板"（停业）一个月。平时不放假，交通没现在方便，放了店员也回不去家。那一个月里，家在外省的累了一年，大多回去探亲了，剩下掌柜的和伙计们就关起门来使劲地敲锣打鼓。

新正欢乐的高峰，无疑是上元佳节——也叫灯节。从初十就热闹起，一直到十五。花灯可是真正的艺术品。有圆的、方的、八角的。有谁都买得起的各色纸灯笼，也有绢的、纱的和玻璃的。有富丽堂皇的宫灯，也有仿各种动物的羊灯、狮子灯。羊灯通身糊得细白穗子，脑袋还会摇撼。

另外有一种官府使用的大型纸灯，名字取得别致，叫"气死风"。这种灯通身涂了桐油，糊得又特别严实，风怎么也吹不灭，所以能把风气死。

纽约第五街的霓虹灯倒也是五颜六色，有各种电子机关，变幻无穷；然而那只有商业上的宣传，没什么文化内容。北京的花灯上，就像颐和园长廊的雕梁画栋，有成套的《三国》《水浒》或《红楼》。有些戏人还会耍刀耍枪。我小时最喜欢看的是走马灯。蜡烛一点，秫秸插的中轴就能转起来。守在灯旁的一个洞口往里望，它就像座旋转舞台：一下子是孙猴，转眼又出来八戒，沙和尚也跟在后边。至今我还记得一盏走马灯里出现的一个怕老婆的男人：他跪在地上，头顶蜡钎；旁边站着个梳了抓髻的小脚女人，手举木棒，一下一下地朝他头上打去。

灯是店铺最有吸引力的广告。所以一到灯节，哪里铺子多，哪里的花灯就更热闹。

20世纪60年代初的一次春节，厂甸又开市了。而且正月十五，北海还举行了花灯晚会。当时我一边儿逛灯一边儿就想：是呀，过去那些乌七八糟的要去掉，可像这样季节性的游乐恢复起来，岂不大可丰富一下市民的生活？！

游乐街

说起北京的魅力来，我总觉得"吸引"这个词儿不大够。它能迷上人。著名英国作家哈罗德·艾克敦20世纪30年代在北大教过书，编译过《现代中国诗选》，还翻译过《醒世恒言》。1940年他在伦敦告诉我，离开北京后，他一直在交着北京寓所的房租。他不死心呀，总巴望着有回去的一天，其实，这位现年已过八旬的作家，在北京只住了短短几年，可是在他那部自传《一个审美者的回忆录》中，北京却占了很大一部分篇幅，而且是全书写得最动感情的部分。

使他迷恋的，不是某地某景，而是这座古城的整个气氛。

回想我漂流在外的那些年月，北京最使我怀念的是什么？想喝豆汁儿，吃扒糕，还有驴打滚儿，从大鼓肚铜壶冲出的茶汤和烟熏火燎的炸灌肠。这些，都是坐在露天摊子上吃的，不是在隆福寺就是在东岳庙。一想到那些风味小吃，耳边仿佛就听到哗啦啦的风车声，听见拉洋片儿的吆喊；脱昂昂脱昂昂地打着铜锣的是耍猴儿的或变戏法的。这边儿棚子里是摔跤的宝三儿，那边云里飞在说相声。再走上几步，该是大戏蹦蹦儿戏了。这家茶馆里唱着京韵大鼓，那边儿评书棚子里正说着《聊斋》。卖花儿的旁边有个鸟市。地上还有几只笼子，里边关着兔子和松鼠。动物园、植物园，全齐啦。在我的童年，庙会是我的乐园，也是我的学堂。

近来听说有些地方修起高尔夫球场来了，比那更费钱更占地的美国迪斯尼式的乐园也建了起来。我想：这是洋人家门口就可以玩到的呀，何必老远坐飞机到咱们这儿来玩？比如我爱吃炸酱面，可怎么我也犯不着去纽约、华盛顿吃炸酱面呀，不管他们做得怎么地道，还能地道过家里的？到纽约，我要吃的是他们的汉堡包。最能招徕外国旅客的,总是最具有民族特色的东西,而不是硬移植过来的。

听说北京要盖食品街了。这当然也是为旅游着想的。然而满足口福并不是旅游者最大的更不是唯一的愿望,他们更想体验一下我们这里的游乐——不是跟他们那里大同小异的电影院和剧院,而特别是民间艺人的表演。比起烤鸭来,那将在他们心目中留下更为持久的印象。

去年,我去了趟法兰克福,老实说,论市容,现代化的大都会往往给我以"差不多"的印象。三天的勾留,使我至今仍难以忘怀的却是在美因河畔偶然碰上的一个带有狂欢节色彩的集市。魔术团在铜鼓声中表演,长凳坐下来就有西洋景可看。儿童们举着彩色汽球蹦蹦跳跳,大人也戴起纸糊的尖尖丑角小帽。我们临河找了个摊子坐下来,各要了瓶啤酒,吃了顿刚出锅的法兰克福名产:香肠。到处是五光十色,到处是欢快的喧嚣。我望着美因河心里在想:高度工业化的联邦德国,居然还保留着这种中古式的市集。同时又想,即使光为了吸引旅游者，北京也应有一条以曲艺和杂技为主体的游乐街呢！

市格

1928年冬天，我初次离开北京，远走广东。临行，一位同学看见我当时穿的是双旧布鞋，就把他的一双皮鞋送了我，并且说："穿上吧，脚底没鞋穷半截。去南方可不能给咱们北京丢人现眼！"多少年来，我常想起他那句话，"可不能给咱们北京丢人现眼"，真是饱含着一个市民的荣誉感。

在美国旅游，走到一个城市，有时会有当地人士白尽义务开着自己的车来导游。1979年在费城，我就遇见过这么一位。她十分热情地陪我们游遍了市内各名胜和独立战争时期的遗迹。当我们向她表示谢意时，她意味深长地回答说："我家几代都住在这儿，我爱这个城市，为它感到自豪。我能亲自把这个伟大城市介绍给你们，对我来说是莫大的快乐。"

1983年我去新加坡访问。参观市容的那天，年轻的胡君站在游览车驾驶台旁，手持喇叭向大家介绍说："现在大家就要看到的是新加坡共和国的城市建设。"语气间充满了自豪感。他不断指着路旁的建筑说："在英国殖民时代这原是……现在是共和国的……"从他的介绍中，我觉出这个青年对自己国家的荣誉感。

人有人格，国有国格，一座城市也该有它的市格。近来北京进行的文明语言、禁止吐痰等活动，无非就是要树立起我们这座伟大城市的高尚市格。北京确实不是座一般的城市，而是举世瞩目的历史名城，是十亿人民的第一扇橱窗，是我们这个民族有没有出息、究竟有多大出息的标志。每当公众场所敦促市民注意什么时，过去常写上"君子自重"。这是大有分量的四个字呀！

从客观上说，北京的变化确实大得惊人。这几年光居民楼盖了多少幢啊！可是我感到少数市民精神面貌的改变却大大落后于物质上的变化。就拿我所住的这幢楼来说吧，包括我们在内，不少人过去都住过大杂院，如今总算住上有起码现代化设施的楼房了。这楼从落成到现在才两年多，可是楼下的门窗早就给自行车什么的撞得七零八碎，修一回再撞破一回。上下12层楼，本来楼道都安有电灯，偷泡子呀，拔电线呀，如今干脆成了一片黑暗世界。有人主动做了卫生值日牌，传不上几天就没影儿了。有好心人自告奋勇打扫楼梯，刚扫完，就有专喜欢一路嗑着瓜子上楼的人，毫无心肝地把楼梯又糟蹋得不像个样子。

我向来不大爱管闲事。可是自从市里大张旗鼓地进行禁止吐痰以来，我也忍不住了，就多了几回嘴。我逢上的往往还都是些读书人。大凡吐痰的，总先咳一下，接着，就啪的一声啐了出来，不定落在何方。去干预，客气的就理直气壮地说一声"有痰"或"没手绢"。有回逢上一位骑车的青年，他停下车，脚尖点地，瞪了我一眼，接着又狠狠地啐了一口，就蹬上了车。我在肚内法庭上立刻给他戴上了"顽固不化的东亚病夫"的帽子，并判他头一口不经意，罚五毛；第二口明知故犯，罚五块，可被告人早一溜烟儿骑远了。

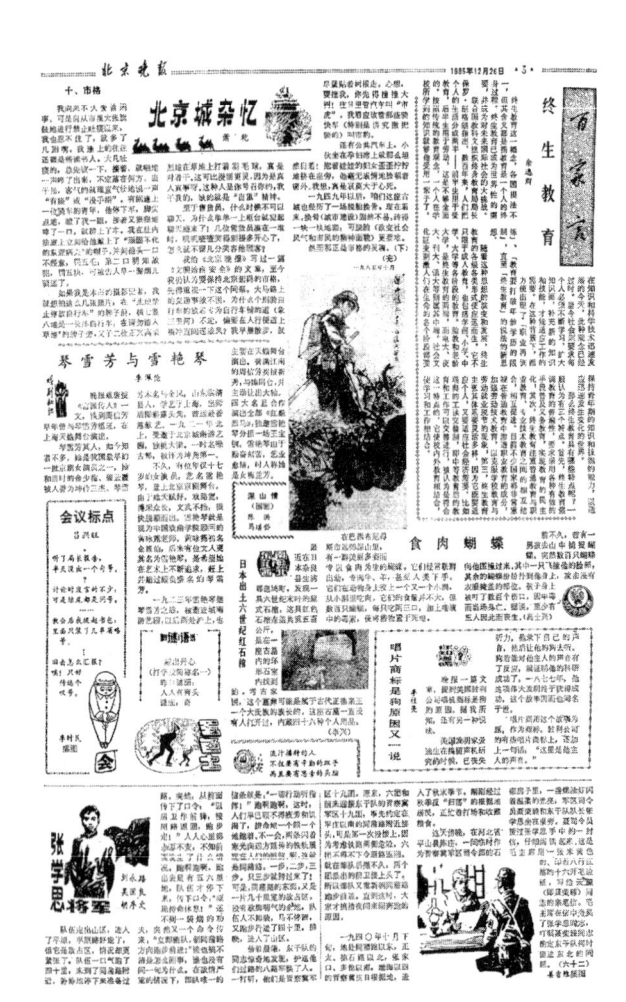

1985年12月26日《北京晚报》载《北京城杂忆》末篇

如果我是本市摄影记者,我就想拍这么几张照片:在"此地禁止停放自行车"的牌子前,横七竖八地是一长排自行车;在"请勿踏入草地"的牌子旁,父子二位正兴高采烈地在草地上打着羽毛球,真是对着干。这可比漫画更灵,因为是真人真事呀。这种人是你号召你的,我干我的,缺的就是"自重"精神。

至于售货员,什么时候不可以聊天,为什么单单一上柜台就犯起聊天瘾来了!几位售货员凑在一堆时,叽叽喳喳笑得别提多开心了,怎么就不留几分笑容给顾客?

我给《北京晚报》写过一篇《文明始自安全》的文章,至今我仍认为要保持北京起码的市格,先得重视一下这个问题。大马路上的交通事故不说,为什么个别骑自行车的放着专为自行车铺的道(像三里河)不走,偏要在人行便道上横冲直闯逞威风?我早晨散步,就尽量贴着树根走。心想,要撞我,你先得撞撞大树!往日里管汽车叫"市虎",我看应该管那些骑快车的(特别是讲究撒把骑的)叫市豹。

还有公共汽车上，小伙坐在孕妇席上就那么坦然自若！抱着娃娃的妇女歪歪拧拧地挤在座旁，他毫无表情地脸朝着窗外。我想，真是哀莫大于心死。

1949年以后，咱们这座古城也经历了一场脱胎换骨。现在看来，换骨（城市建设）固然不易，砖得一块一块地砌；可脱胎（改变社会风气和市民的精神面貌）更要难。

然而那正是市格的灵魂。

1985年11月11日—12月26日《北京晚报》

《杂忆》的原旨

（前言：日本东洋大学今富正巳教授要把《北京晚报》去年连载的《北京城杂忆》编入教材，嘱我写个前言。今年是史无前例和暗无天日的那场特大灾难结束的十周年。我正一肚子话没地方消散，就借题发挥如下。这是前言的前言吧！）

像北京这样一座历史名城,可以从各种角度来写。为旅游客人,可以专谈眼下的北京:从名胜、街道到土特产。也可以就史地风物写写往日的老北京。这两种写起来虽然也不容易,可总归是就新论新,就旧论旧,下笔时不怎么踌躇,心里可以踏实。

《北京城杂忆》不是知识性的。我是站在今天和昨天、新的和旧的北京之间,以抚今追昔的心情,来抒写我的一些怀念和感触。这里就存在着一个今昔对比的问题。

十年前,编辑即便给我叩三个响头,立下字据,打下保票,高低我也不肯写,不敢写。因为这里明显地存在着一个陷阱,一顶潜在的帽子:今不如昔。好家伙,人家在破四旧,你却为四旧招魂,岂不罪该万死!

那时候,天地分阴阳,人世分无资;好就全好,坏就全坏;而且好坏全凭钦定。知识分子成了莎士比亚《驯悍记》里的凯瑟丽娜,张春桥、姚文元是手持钢鞭的彼特鲁乔。中午时晌,他们指着太阳说"这是月亮",就得唯唯诺诺地跟着说"是月亮"。那时我们宁要社会主义的稗草，也不要资本主义的大豆高粱。那时候，笔下的今天只能是一片光明，而事实却是漆黑一团。

这十篇"杂忆"本身，无足挂齿。但我竟然写了，而且不是昧着良心，而是照我自己的意思写了。这本身也表征着像我这样一个中国知识分子的心态：我在逐渐摆脱那种非阳则阴的思想方法，不掩饰对昨天某些事物的依恋，也不怕指出今天的缺陷了。如果谈十年来中国大地所起的变化，知识分子不同程度地摆脱着那种小媳妇的战战兢兢的心情，开始学着说点真话这个变化，其重要性可不亚于那雄伟的经济建设。

从大的方面，我当然更爱今天的北京。我坐过张作霖的牢房，也见过街头的饿殍。那时候，大官出来要戒严，前门外有一大片人肉市场。在大的方面，新旧没的可比。所以当我眼睁睁看着我爬过的城墙和城楼给拆成平地时，我一边往心里掉眼泪儿，一边宽慰着自己说，只要能让人人都吃上饭，拆什么怎么拆都成。

近来我又想：一个城市要赶上时代，有些东西就得忍痛牺牲掉。什刹海吃不着河鲜了，七月节也不能再放荷灯。要现代化，就得扔掉些东西，然而也不能全扔光了啊！

每逢我看到有人在讲卫生的横幅标语旁边照样吐痰，每逢我看见人们围起来像看耍猴的那么看斗殴的却没人出来劝解，每逢我看到售货员半边笑脸对熟人，半边横脸对顾客的时候，那就诅咒那帮打着"兴无灭资"旗帜的家伙们。他们把散发着芬香的花盆砸个粉碎，把好人能人插了招子拉到街上示众，把上千年的古物砸成烂泥，最可怕的是把人与人之间异于禽兽的那种相互体贴谦让消灭殆尽，把人间化为大林莽。

我有的只是一支秃笔，但我想用它唤起市民的荣誉感，唤起人的尊严。

小议出题征文

副刊编者出题征文是个艺术。有时宜出得宽泛,以便使人人望题都有话可说,例如"新年试笔";有时又宜窄而具体。

"我与散文"这个题目倒还不是无边无际,然而就我而言,因为已经写过不止一次了,再写,就担心会流于空泛。我总怕旧调重弹,然而又实在想不出什么新鲜话可说。

最近《花卉报》要我写篇"我与花",就不然。因为我从没在这个题目下边做过文章,拿起笔来竟滔滔不绝,甚至从花扯到了知识分子问题。然而倘若过些时候他们又来以此题向我征文,我估计就非交白卷不可了。

散文是应该讨论也值得讨论的,然而可不可以把题目出得窄点、具体点,以迫使像我这样的懒人也无法信手拈来,凑上千把字聊以塞责呢?比如,"我的一次败笔",或"我生平一篇得意之作"。大凡写文章的人,肚子里都难免有这么两笔账。要是披露一下并且说说道理,不但研究者,就是广大读者也会感兴趣并从中获到教益的。

此外,每位写散文的同志都必然在古今中外作品中间,有自己所偏爱的。我有两部外文散文选,部头都很小,书中多是些不见经传之作,包括悼文,甚至广告,是完全不看文学史家的眼色根据本人爱好选出的。国内散文译本,我就很喜欢黄伟经译的屠格涅夫散文诗集《爱之路》,以及也是湖南人民出版社出的那套选自古希腊罗马时期以至本世纪欧美散文名著的《散文译丛》。倘若每位都把自己所心爱的散文名著谈一谈,那还会起到提倡读书的作用。

征文谈散文,无非旨在繁荣散文。从"实效"来说,我觉得题目出得窄些要比宽些好。

(1986年4月1日《人民日报》)

"我"与"我们"

读了中宣部朱厚泽部长关于理论界争鸣要心平气和、实事求是的那段话，甚表赞同。尽管这话并非第一次听到，但每重复它一遍，就必给学术界思想界打一针维他命。好处总是不小的。

作为一个不谙理论的普通读者，我有个小小的建议，它可以轻而易举地做到，并且相信会有助于民主风气的树立。我希望写理论（或评论）文章的同志，今后如发表的是一得之见,而并不代表组织,则只用"我"字,而不要轻易使用"我们"。

我也许是个神经格外脆弱的人。每当看到论战的一方用起"我们"时,我就觉得他身后面必有千军万马,因而不期然而然地感到些盛气凌人。倘若使用的是"我们马克思主义者",就更像以"本庭"名义宣读的判决书。这不是站在平等地位上的讨论问题的态度。加上那么一个"们"字,实际上就已强占了高地,就摆出了居高临下的架势,就使那个自称"我"的显得单枪匹马、赤手空拳了。

为了做到充分说理、以理服人,为了共同探索真理,我建议理论家和评论家们把"我们"这个复数代名词留给组织或集体。大家都来使用平易近人的"我"字,那会既有利于学术争鸣,也有利于团结的。

(1986年5月12日《人民日报》)

标尺单一化

20世纪50年代初,在一次学习会上,有人从什么文件里推断出一条可怕的结论:虽然大家同是中华人民共和国的公民,可还要分"国民"与"人民"两类。后一类似乎历史上是洁白无瑕的,前者则或多或少有些污点。我听了,首先关心的自然是我究竟属于哪类。

不久,在一次学习结束时,果然每个人都拿到一份结论。1935年我出校门就进了《大公报》,一待十几年。当时作为一般问题过了关。和我同一年毕业的一位，则进了旁的一家报纸，因而形成了历史上的一个什么污点。宣布结论时，他好像就成为"被管制分子"。

可他的这个"祸"，到1957年却成了"福"。当许多人（包括我）在大鸣大放中响应号召，胸怀坦荡，畅所欲言时，他却守口如瓶。邀他去开多少次座谈会，他都只带耳朵，把嘴巴牢牢地锁在家里。那回，他闯过了关，我却倒了霉。

戴上帽子之后，我心里一直有个解不开的疙瘩：某某人说的写的比我那些话尖锐露骨多了，怎么什么事也没有？

那以后，我暗自得出一条结论：人和人的行市是不同的。

那时还有人提醒我说：你那些话，倘若早说了若干天，本来不会惹出麻烦的。

于是，我又学了乖，懂得了同样一句话，不仅要看出自谁之口，还要看在什么场合、什么时间讲。

从那以后，我总时刻提醒自己：我是个戴过帽子的人。每次控制不住，要张开嘴巴，我总要先审视一下场合。在国际交往中，那自是必要的。在国内，同样也不可疏忽大意。

今年在纪念"双百"方针的三十周年了，我认为该把自己的心交一交。

任何事情都要有个前提，有个基础。三十年来我一直在想，要认真贯彻"双百"方针，人和人得站到同一地平线上。衡量真理只能用一把尺子，而不宜另有一把刻着级别、职位、政治面貌，以及社会地位的标尺，因为后一类太缺乏稳定性。例如"海外关系"可以忽然从"包袱"一变而为"资本"。

试问，倘若一名在押的犯人忽然在囚室里也解决了个悬而未决的数学公式，或就经济建设提出了意想不到的方案，监狱长是训斥他"不老实改造，胆大妄为"呢，还是立即提交有关部门认真研究一下呢？

倘若标尺单一化了，就可以先抛开提出者的身份问题，把焦点聚在意见本身上。那样"双百"方针才能从红头文件变为振兴中华的催化剂,成为推动民族前进的轮子。

(1986年6月5日《人民日报》)

记忆与启迪

——《中外记者笔下的第二次世界大战》读后

古代圣贤一向讲求人兽之别。分水岭可以从各种不同角度去划,记忆想必是其中之一。有些动物(例如猎犬)记性也颇好,然而只有人这个高级动物,对经历过的重大事件,每遇周年整日子才会纪念一番。这种纪念是有益无害的,可以从对过去的回顾中,更好地认清前边的路。

近年来接二连三地逢上一些重大事件的整日子,有

40年前的，也有50年前的。凡届不惑之年的国人，即使不提笔为文纪念，那一幅幅图景也难免会像拉西洋片似的在脑海里晃个没完。感谢东方出版社印出这本近600页的大书，让经历过那段浩劫的重温一下历史；也为出生晚些没赶上的提供一系列真切背景，从而对20世纪30年代初期至40年代中期，由东半球烧到西半球的那场大火——那场葬送3000万生灵的大火有个印象。

历史学家最忌眼光短浅狭隘。西方关于第二次世界大战史的著作，往往以纳粹轰炸华沙开始，以盟军受降告终。本书则以卢沟桥的炮声开始，以"密苏里"号战舰上的签降仪式结束，表现出对那段历史在认识上的全面性。试想，倘若1931年"九一八"关东军悍然炮轰沈阳北大营之后，世界和平力量立即群力断然把侵略者们"星星之火"扑灭，慕尼黑那位留小胡子的家伙还敢那么嚣张猖狂吗？

当记者的不仅要能记录现实，还应善于洞察事物的本质，已故老记者范长江在《卢沟桥畔》一开头就指出：

中国对外一次一次的小冲突，逐渐证明了中国一天一天地抬头。人家一贯的方针是要打击破坏中国统一和强壮的趋向。他们这种希望，和我们生存的本质根本相反。这一个根本的不相容，说明了中国之必然会和他们不断地冲突。

美国记者斯诺在本书《苏联为什么打得这样好？》一文中也指出：

什么东西使苏联士兵那样地战斗？有人说那是爱国主义，他对于祖国神圣的义务。有人说那是共产主义，他对于国际社会主义的献身……苏联人打得这样漂亮，是因为他们保卫家乡，反对一个背信弃义的侵略（者）。

两个不同国籍的记者在各自评论两个不同的战场时，却不谋而合地得出同一结论，生动地表明了当时在地球两端打的那场战争的同一性——反侵略。

正因为当时战火烧遍整个地球，没有人——不管是麦克阿瑟还是艾森豪威尔——对此能有全面的了解。因此，这本选自中、苏、美、英、日记者近90篇现场报道的集子，对谁都可以起"补课"作用。这里有陆地、海上和空中战斗的描述，有写大后方的，也有写敌后的，《间谍充斥的葡萄牙》是写邻近战区的中立国的。这里有鸟瞰整个战场的，也有集中描述一个战役的。全书分上、下编，大致是按照事件先后排列的。上编从卢沟桥到日本侵略者签降，作者主要是中国记者。那真是全民抗战啊，连林语堂也去访问了日本战俘。下编始自纳粹进攻挪威，打破了西线的沉寂；有意思的是，那场大火始自东方，也是在东方的太平洋上结束的。可贵的是，这八九十篇报道，大都是第一手的"目击记"。不管是血战居庸关还是密支那的攻克，不管是"格拉斯比"号的沉没，还是柏林上空的鏖战，篇篇都是战火中的产物。特别引人注目的是那三篇以"各位听众"开头的广播记者从军舰甲板上的现场直播，描述诺曼底登陆和"威尔士亲王"号和"却敌"号被日军击沉，今天读来，依然逼真、紧张、扣人心弦。当然，更过瘾的是写侵略者下场的几篇，像《纳粹战犯伏法记》和《东京死寂之夜》。闹市变成废墟，车站只剩了骨架。

在人物特写方面，既有胜利者（如丘吉尔和美国海军统帅金），也有败将伦德斯特。

此书只能在三中全会以后，在历史唯物主义抬了头之后，才编得出来。上编写抗日战争的文章中，有些是记录正面战场上中国军民协力作战的。可以说，在这方面，本书恢复了一部分历史的真正面貌。读"百团大战"使人缅怀当年国共合作、军民并肩御外侮的盛况，读印缅前线的文章能唤起中美抗日时期合作的回忆。

此书还给人以自豪感。当年，在蛮横的侵略者面前，我们不曾低头，不曾退却。是我们首先抵抗的，战火最终也是在我们这边扑灭的。

（1987年6月17日《人民日报》）

勿找旁门左道

最近我收到一个邮包,是位未曾谋面的青年寄来的,里面有厚厚的一本书稿——他写的一出多幕楚剧。随后来信要我当他这个剧本的文学顾问。我立刻回信婉言谢绝,因为我实在不懂楚剧,无从顾问。接着,他又来信要我设法把这个剧本投给一家刊物发表。这回,我给他写了一封可能使他发火的信。

我平生不愿冒充内行。我不懂诗,新旧诗都不懂,对此我从未隐瞒过。我没有古典文学底子，写文也从不引唐诗宋词。我既然对戏曲一窍不通，当然也不能去当什么文学顾问。

我先后曾经编过七年文艺副刊，我所发的文稿大多是自己约来或从大量投稿中发现的。我怕人转稿给我，朋友们（还包括当时的老板）也都体谅我。转来的稿子多少带点特殊味道，在一定程度上会妨碍编者的选稿职能。"用吧，离标准还差那么一截儿；不用吧……"于是，难题就来了，所以我轻易也不替人转稿。从切身体会，我认为那是对编辑工作不应有的一种干扰。

近来还常有人找我写序。请人写序无可非议，我也勉强写过几篇。但我只写那种对理解原作多少有些用处的序，不愿凭老字号去说三道四。我的第一本小说集《篱下》前边有沈从文先生的一篇序，但那并非出于我的敦请——沈先生在序中精彩地抒发了他当时的艺术哲学。自那以后，所有我的书要么没有序，要么只有自序。三四十年代，我的书大都是由巴金同志所主持的文化生活出版社出版的，但我从未劳巴金为我写过一篇序。

应当承认这位楚剧的作者毕竟还是呕心沥血把作品

写出的，我祝他好运。他也完全可以请人写篇序，然而不要找个隔行的。

近年来，我还多次接到另外一种信，而且往往是油印的，从而可以推断不止我一个人接到过。信中一般都说他正要编一本什么什么书，希望把我也包括进去（这当然是很光荣的）。于是，有要我回忆童年的，有要我谈创作方法或当记者经验的，总之是就他指定的题目写一文，"字数最好在一万或一万以上"。这可就不能不说是找窍门了。他大可按照作家协会会员名单发上那么个五六十封信。倘若收回三分之一，不就成一本书了吗！

这十年，新一代青年的创作成绩辉煌，超过了前人。他们的风格各异，然而却有着一个共同点：凭刻苦精神去闯路，去创新，不找旁门左道。

其实，干什么都离不开这种精神。文字工作当然要有灵性，但是并没有旁门左道可找。

(1987年12月8日《人民日报》)

万世师表叶圣陶

在我一生接触的师长中,有几位是圣人型的。就是说,不仅学问好,文笔好,而且做人十足正派,表里一致,不投机,不看风向,对人一腔热忱,对国家事业抱献身精神。在屈指可数的这样师表中,叶老是我极为敬重的一位。

运动整人不好,可运动也最能表露人的本质。1957年以后,许多张笑脸变成横眉竖眼,许多好友变为路人。可无论我被糟践成垃圾也罢,渣滓也罢,他见面或写信,始终称我作"乾兄"——20世纪30年代我还是个小伙子时,他就一直这么称呼我。我自然担当不起,然而这里表现着叶老以平等态度对待年纪比他轻、成就比他差、地位比他低的人的那种精神。敬重之外,我对叶老还有满腔感激之情。

20世纪30年代初期,在他为开明书店编《中学生》时,我就同他建立了联系。他还在刊物上评论过我的短篇小说《邓山东》,给了我不少鼓励。我们是1936年在苏州初次见面。那回,他邀请沈从文先生,张兆和、张充和女士和我一道坐船由苏州城里去游天平山,那是我平生唯一的一次吃苏州有名的船菜。我们足足玩了一整天,归途还在暮色中去苏州郊外一座小镇吃了鱼肺。

20世纪30年代我在天津、上海、香港编《大公报》文艺副刊时,始终得到叶老的大力支持。他真是有求必应啊。那阵子我常就某个问题举行作家笔谈,每次他都参加。举办"大公报文艺奖金"时,他也慨然担任评委。

1946年我回到上海，由于不了解国情，写文开罪了权威，一时成为问题人物。但叶老对我爱护如常，甚至还到江湾复旦来看过我。这在他遗下的几本日记中均有记载。我认为未来的史家将会由他的日记中寻觅到翔实可靠、不掩饰也不捏造的客观史料。

1948年，我们同在香港，同是地下党的客人，因而见面次数不少。

20世纪50年代我在《译文》工作时，在翻译问题上遇到了困难。我认为任何外国作品，既然译成中文，就得合乎中国语言习惯。我这观点同单位里一位领导产生了矛盾。一向以维护祖国语言纯洁性为己任的叶老，给予了我极大的支持。每期的刊物寄去，不几天就收到他用毛笔密密麻麻写来的意见，总是某页某行某句"似应如何如何"，既认真仔细，而又谦虚，从不武断。那时他是教育部副部长。我一直珍藏着那包信，准备有朝一日（比如当前）拿出来展览，不但可以看出这位老前辈对祖国语言的剖毫析芒，更可显示这位杰出的作家对文化事业的热切关怀。可惜那包信已在1966年随同我个人的一切文稿化为灰烬了。

爱护祖国语言可以说是叶老的毕生职志，其重要性肯定不亚于《倪焕之》的创作。听说《斯大林全集》印出后，他曾夜以继日地把那多卷集逐字看了，并呕心沥血提出几千条意见。然而意见送去后，却石沉大海。叶老去信催问——他想知道意见是否被采纳了，负责人误会了，竟送来一张支票——这，像许多项其他收入一样，他都捐公了。他一生过的是极其简朴的生活。

这位"五四"文学大师溘然长逝了。他留下的丰富遗产，有关于文艺、关于教育、关于语言的，但我们首先应继承并学习的，是他那耿直不阿、真诚待人的风范，以及那不求名、不图利、为民族兴旺和社会主义事业奋不顾身的精神。

（1988年3月1日《人民日报》）

能爱才能恨

——为《冰心文学创作生涯七十年展览》而作

我也喊过旁人"大姐",但冰心才是我货真价实的大姐,因为我开始这么喊时,她不但头上没有一根白发,而且还留着木梳背儿呢!那是将近七十年前了,当时我同她弟弟冰季(为楫)一道在北京崇实小学读书,冰季把我带到他在中剪子巷的家。可以说,不但在文艺界,就是在人世间,像冰心大姐这样老的关系我再也没有了。如今她的两个先后跟我同过学的弟弟不幸都已相继去世。每当她泛着慈祥的微笑握我的手时,我感到自己真是她的弟弟了。

尤其难得的是这70年间,我们没断过关系。她在燕京大学教书时,我正在那里读书。我没上过她的课,却是吴文藻老师的学生。所以她既是我的大姐,也是我的师娘。1957年当她也被在报上点了名时,我忘记了自己当时的遭遇,一直在为她捏把汗。

"五四"以来,冰心大姐的《寄小读者》《超人》《繁星》《春水》的艺术成就,在文学史上早有定评,无需我来饶舌,更用不着我为她在现代文学史上摆位子。不少文章称赞她为人善良、正直,对人热情,也用不着我来锦上添花。在我心目中,她完美得够得上一位"圣者"。

20世纪50年代,甚至直到70年代,冰心大姐同所有知识分子一样,也是领导指到哪儿就走到哪儿,只求当个螺丝钉,当个驯服工具。1969年,绝对属于"老弱病残"的冰心大姐,也乖乖下湖北农村去从事劳动锻炼。她在咸宁文化部"五七干校"452高地第五连一个班里,还由于劳动出色而受过表扬。1970年的一天,当大队长在会上夸奖她劳动得如何如何好时,我听了很不是滋味。那时,已交70岁的她,就是那样一声不响地叫干啥就干啥。

20世纪80年代是反思的年代。反思并没有年龄限制。经过"十年浩劫",青年人反思,中年人反思,老年人也在反思。反思之后的表现却大不一样。极个别的,仍旧向往姚文元的老路;也有少数消极鬼混。但绝大多数对民族的前途并未丧失信心,只不过他们不再相信连声高呼"形势大好",形势就会大好起来。他们不再认为仅仅当个驯服工具就够了。他们要走出教条主义之塔,先天下之忧而忧,不怕风险,敢于干预生活。

"知识分子"这个词儿在中国用滥了,仿佛只要读过几年书,领到过张文凭,就是知识分子了。记得《读书》上有篇文章澄清过这个问题。知识分子不只是闭门埋头搞自己的业务的人,还应该是一个国家、一个民族的良心。

在这一点上,20世纪80年代的冰心大姐,还有巴金，是中国知识分子的良知的光辉代表。尽管她年奔90，腿脚也不利落了，然而她不甘于躺在自己已有的荣誉上。不，她的笔片刻也没停过。在热情扶持青年创作之余，她仍在写着其重要性绝不亚于《寄小读者》或《超人》的醒世文章，如《我请求》《万般皆上品》《介绍三篇小说和三篇散文》《〈孩子心中的文革〉序》。她声嘶力竭地为中小学教师呼吁，毫不犹豫地谴责"文革"。从她管"孙子楼"叫"鬼楼"这一点，可以看出她对社会上特权现象的深恶痛绝。一位编辑曾对我说："冰心老太太的文章好是好，就是烫手……"这就是说，她不写那种不疼不痒的文章。她的文章照例不长，可篇篇有分量。在为民请命、在干预生活上，她豁得出去。

读过《寄小读者》的人，都知道冰心大姐的哲学，中心是一个"爱"字。她爱大海，爱母亲，爱全国的朋友。她更爱咱们这个多灾多难的祖国。那是她在历代圣贤以及泰戈尔的影响下形成的哲学。只有真的爱了，才能痛恨。

冰心大姐深深地爱咱们这个国家，这个古老民族，这个党，所以对生活中一切不合理的现象才那么痛恨。

可以向冰心大姐学习的很多很多，但我认为最应学习的是她那植根于爱的恨。那些满足于现状、维护现状、利用现状自己发旺的人，就生怕有人对现状有所指摘。其实，这样的人心里所爱的，只是他自己——他的地位、权势和既得利益，因而才对生活中不合理的现象那么处之泰然，那么熟视无睹。不能恨的，根本也不能爱。

老年知识分子当中，还有冰心大姐这样敢于讲点不中听的话的作家，这是中华民族的希望。她永远不老，她那支笔也永远不老，因为她的心紧紧贴着人民大众。

(1988年7月18日《人民日报》)

应该研究报纸副刊

伦敦《泰晤士报》有个文学副册。其实，它只不过是个书评刊物。《纽约时报》出的则干脆叫"书评"。以刊登创作为主的文学副刊，是中国在世界新闻史上一个独有的特色。

遍翻几部现代中国文学史，看不到哪位文学史家正视过文学副刊对"五四"以来的新文学起过的作用、做出的贡献。然而多少作家是在20世纪20年代、30

年代，在北平的《晨报》《京报》、天津的《大公报》《益世报》、上海的《申报》和《新闻报》开始写作的呀！

每当写到个人文学生涯时，我从不忘记提到杨振声、沈从文主编的天津《大公报·文艺》是我的摇篮。1933年秋天，我偶然在未名湖畔写了一篇小说《蚕》。投寄后不久，它在报端出现了。第一篇习作变成了铅字，那种快乐和兴奋是无法形容的。于是，像注了什么壮胆的灵药，第二篇、第三篇写下去了。早年见过的一些人物，经历过的情景，仿佛都在记忆中活跃起来。尽管后来《水星》《文季》等许多刊物也向我约稿来了，然而第一个给我以勇气，第一个激励我创作的，还是天津《大公报·文艺》；两年后，我又成了它的编者。我一生从事过不少行当，然而只有在编天津、上海和香港《大公报·文艺》那些年，我感到天天都在捧读我同代人的心灵记录。我希望我没辜负我那机会。

每逢新闻系的青年同我谈该钻研什么项目时，我总不忘记提到报纸的文学副刊。有些青年似乎也意识到这个题目的重要性，然而既然写史，就得肯于把自己

1988年9月13日《人民日报》载《应该研究报纸副刊》

埋到故纸堆里，嗅那发霉的油墨，辨认那模糊的字迹，还得花功夫挑选，复制，再誊清。总之，工程浩大得怕人。

从一次偶然谈话中，我发现老友老同事王文彬兄居然花了二十多年时间在从事这一工作，而热心保存文化的全国政协文史资料研究委员会和不仅仅以营利为宗旨的中国文史出版社也十分重视这一工作。继文彬兄之后，出版社又花了巨大力气来精选精编，终于使这部切中时需的长作，有可能与读者相见。我希望它能走进新闻系的课堂，走进文学史家的书房，让报纸的副刊得到它应得到的承认。

也许有人说，这不过是一份资料汇编。我相信文彬兄也不会认为这就是最完备的著作了。即便资料方面，肯定也还有补充的余地，至于更细致的剖析和论列，也有待以后来做。作为一名曾经多年从事报纸的副刊工作的老编辑，我首先感谢作者为此披荆斩棘工作，并向他致敬，希望此书的出版能在新闻史界掀起副刊研究的热潮。

(1988年9月13日《人民日报》)

干校琐忆

冲击

落魄期间,我时常提醒自己:万一突然交什么好运,可千万沉住气。被揪斗是冲击,抽冷子喜事来临,也能教人乐极生悲。

20世纪30年代我在滨海城市一所教会学校教书

时，有几位同事是美国传教士。校长是中国人，哥伦比亚大学教育学博士。人长得英俊，口才好，办事效率高，英语讲得蛮漂亮。1957年他也出了问题，1966年自然也进了"牛棚"，1969年下到"干校"。干活之余，继续挨批判。据一位在秧田里见到过他的朋友告诉我，那几年他已弄得不是样儿了，满身污泥，也不知道多少日子没理过发、刮过脸了，毛毛扎扎简直像只刺猬。

那是尼克松访华之后的1973年。一天，当他正泡在水田里插秧时，忽然连部把他叫了去，发给他一套新制服，要他立即进城去理发洗澡，换上新衣。换洗完毕，省里下指示说，有外宾来访，要他充当译员。

于是，他被带到省政府外事局的大客厅里，坐在舒适的沙发上，等候客人光临。

过一阵，外事局局长陪着外国客人进来了。他欠起身来一望，原来是当年他任校长期间那个中学的几位美国教师。霎那间，喜悦、感慨、回忆、兴奋一齐向他冲来，他猝然倒了下去。

从那以后，他再也没有起来。

在我们那"干校",也有位学问渊博、人品好的同志,只因中华人民共和国成立前坐过牢,就硬被当作叛徒揪了出来。立场坚定、态度鲜明的老婆立刻同他离了婚,于是在潦倒中他下了"干校"。

运动末期落实政策了。经过内查外调,反复核实,证明他并不是叛徒。平反后,熟人在家乡为他介绍了对象,双方交换了照片,彼此满意,眼看他又将有个家了。

这一天,落实政策办公室把他叫了去,将几年来冻结的工资补发给他,并同意他请假回家乡办婚事。

他欣喜地立即跑去买了几瓶白干,邀上几位知友庆祝庆祝。酒过三巡,他出去解个小手,然而好半晌还不见他回来。朋友们就打着手电到处寻找。后来终于发现,树林子旁小池塘的水面上,漂浮着一大片钞票。

可能为了醒酒,他来到池塘畔掬水洗脸,不小心滑下去了。反正打捞上来后,怎么救也没救活。

展览

在"以阶级斗争为纲"的年月里,衡量任何事物的关键不在于"什么",而在于"谁"。同样是放牛不小心,跌断一条牛腿,要是五类分子干的,就是成心破坏生产,不但狠狠地批斗,还得罚款。要是贫下中农,就正好打一顿牙祭,吃顿红烧牛肉。

干校是认真贯彻了这个原则的。

一位法国文学老翻译家年过七十,只因背了"反动权威"的罪名,也带着老伴下到"干校"。军宣队说是为了照顾,分配给他的任务是挑水浇菜园子。其实,就是对年轻小伙子来说,这也算不上轻活。然而这位老"五七战士"还是咬着牙应付下来了。

可是真饿呀,而且馋。他每次走过连部闻到小灶的肉香,口水就沿着那稀疏的花白胡须流下来。

老人家儿孙还真不少。写家信时,他可能也有所流露。于是,在他那年生日的前夕,儿孙们相约拣老人家爱吃的东西，分头寄来些包裹，一则为了祝寿，二则更是为了替他补充一下营养。

儿孙们欠考虑的是，忘记老人家的身份了。不该让包裹都同时到达。在他们，原是怕误了吉日良辰，早已把"横扫一切牛鬼蛇神"时老人家脖子上挂的那块牌子忘个一干二净。

老翻译家和他老伴取回一个个包裹之后，自然是欢喜非常。老奶奶一边拆包一边嘴里念叨："这是乐生和他媳妇寄的。……这是咱们老三的……哎哟，金华火腿！"两个老馋鬼抱着那长长包裹就闻呀，闻呀，肉香隔着蓝布也使他们沉醉了。

屋里进人了。老先生不但没赶快藏起，还情不自禁地举着那只金华火腿炫耀起来。他炫耀的，自然不是火腿本身，而是他的儿孙还记着他的生日，千里迢迢来孝敬他……

如果说是出于妒嫉吧，那可冤枉。应该说，还是出于政治警惕性，那个人抹头就走，向连部报告了。

正当老两口子在包包弄弄的时候，政委、连长以至班排长都同时出现在他们眼前了。班长是个矮矮胖胖的女同志，在整个"文化大革命"期间，她是这个单位的号筒——一只响亮的号筒，大会上所有的口号都由她来喊。那嗓子既高昂又清脆。每次她一喊，阶级敌人莫不吓得发抖。她就凭这一手，当上了班长。

如今，这严重事故，这一阶级斗争新动向，竟然发生在她的班里，叫她这个班长咋当下去！

她叉了腰，厉声责问："老不死的，为什么明目张胆地对抗改造？"政委、连长和排长则一边瞪着老夫妇，一边翻腾。

最后，政委做出决定：当天晚上就开个展览会，让革命群众也见识这些山珍海味！

那时，干校还没电气化。晚上食堂一片漆黑。政委又下了指示："让老家伙亲自打着灯笼，给大家照明！"

一包包食品都作为罪证拿到连部去了。晚饭后，一股脑儿展览在食堂两块铺板上：环绕着火腿，琳琅满目地陈列出肉末烧饼、南味香肠、腊肉、牛肉干、鸡肉松、苏打饼干、酒心巧克力、虎皮豆儿……

老婆子作为家属,可以不参加。老先生则直直地站在铺板旁边,举着一盏纸灯笼,照着他儿孙寄来的这片寿礼。

应该说,他过了一个难以忘怀的生日。

厚酬

初来农村,看见山脚下五岁娃娃也牵头大水牯,觉得放牛这活儿再轻巧不过了。某连就把牧放水牯这个任务交给了一位老先生。他是全国有名的金石专家,下来之前曾任一家大博物馆的馆长。老先生高度近视,还患有肺气肿,听说放牛就不必跟大队人马去趟泥水,只消坐在道旁看着水牯吃草就成了,组织上的照顾使他颇感到温暖。

可是牧放这个工种其实并不那么省心。大队人马"天天读"之后,才排队下地。干了一阵活,有时还作兴抽支"地头烟"。牧放则一大早接过缰绳就算上了工,牲口转到哪儿跟到哪儿,一口气要干到天黑。这个工种得同活物打交道。不会骑马的,一上去牲口就会有所察觉,而且立刻就尥蹶子。水牤呢,只要你一牵缰绳,它也马上能知道你是行家还是力巴头。这正是老先生所面临的尴尬局面。水牤经常同他闹点小别扭。老先生往坡上拉,它们有时腿像柱子似的,纹丝不动。更糟的是它们老想往苇塘里钻。老先生除了嫌里头湿漉漉的,还怕有水蛇,就无论如何也不让它们钻进去。

这一天,水牤憋足了劲儿硬是挣开缰绳,趟进去了。这下可把老馆长急坏了。苇丛密密匝匝,叶子锋利得像刀刃。老先生深一脚浅一脚地去追,胳膊腿儿给刮得满是血道子,可那对水牤连个影儿也见不到。这可怎么向班长交代!急死人呀,简直比博物馆丢了件铜鼎还严重。

这时,苇塘里出现了个十来岁的娃娃,他正在摸泥鳅。老先生也不顾揩自己那满头大汗,赶忙连说带比画,示意水牤不见了。娃娃会意,钻进苇塘,东探探,西望望。不一会儿,他一手牵着一只水牤出来了,它们竟变得那么驯顺。

老馆长真是喜出望外,接过缰绳,感激得双手发颤。他一边向这位神通广大的娃娃连连致谢,一边浑身摸索,想找点什么来聊表谢意。终于摸出一张10元钞票,就递给娃娃。心想,要是赔两头水牯,可远不止这数目哩。

娃娃愣了。他死命摇头,不肯接。

馆长月薪大约是300元。老先生一边硬往娃娃手里塞,一边(为了打通思想)就说:拿去吧。这——不过是我一天的工资。"

岂料这句话很快传遍了那一带。农民见了"干校"的人就说:"嘿,原来你们每天的工资十块钱哪!"说这话时,有惊讶,有羡慕,不免也有些妒嫉。原来当地农民刨去口粮,七折八扣,一年到头的工分也拿不到几个钱。

(1988年10月14日—10月19日《人民日报》)

心中总有一团火

和林野老弟真是一见如故。他是汕头人,而那是我的第二故乡。另外,我们都曾是自己奋斗成人的孤儿,只是我没有他那么大成就。每逢看到他,总让我想起我年轻的时候,我们童年时代的经历有相似的地方。我是暮生,而他刚生下来,父亲便去了南洋谋生。他跟着妈妈和两个姐姐长大,没有父爱。在丧失理性的混乱年代里,他妈妈惨死在公报私仇的乡亲们的毒棍下。

对这一段，光明在《火焰》里写得很细腻，也很有感情，读了令人心酸。

我11岁丧母，那以后就开始独自在这个多灾多难的世界上漂泊了。在崇实半工半读，放过羊，给人送过羊奶，织过地毯。初中时，进了北新书局，对文学产生了兴趣，生活才算有了点着落。18岁上，我上了北平市党部的黑名单，张作霖的侦缉队要抓我，我就逃到了汕头。在那里我和一个大眼睛的潮州姑娘有过一段甜蜜而苦涩的初恋。

林野的早年一点儿不比我强。他十几岁到南洋寻父，当过店铺的小伙计，给人擦过皮鞋，还在码头做过工。但他自幼一直喜欢画画，喜欢读书。赚到些钱，就跑到艺术之都的巴黎勤工俭学，学习西洋油画的技法，以求将来在中国画的创作上有所创新。他精力充沛，有干劲，性格里有很强的叛逆性，连他现在兴办的公司都叫"创新"。

我在欧洲流浪7年，心从没离开过祖国。我早把心埋在北平的城墙根下了。我早年见过丢了国籍倒卧在东直门的白俄难民，我平生最怕的就是成为没有祖国的人，那真好比断了线的风筝。

林老弟是个忠诚的海外赤子，他旅居新加坡三十几年，却始终没有加入新加坡籍。他眷恋着祖国的昨天，向往着祖国的明天。经过几十年的苦心经营，他成了一个企业家。但他发迹不忘祖国，已经回来投资了。更可贵的是，他惦念着神州还有那么多吃不饱肚子的百姓，惦念着无数失学的孩子。他已经和中国扶贫基金会挂钩，打算建立"创新基金"，从扶贫开发着眼，从基础教育入手，力争到本世纪末，在最迫切需要基础教育的贫困地区，创建100所"创新小学"。

然而经商之余，他一直也没忘记自己的艺术活动。一有时间，他就挥毫作画。用他的话说就是，经商是为了生活需求，绘画才是追求的事业。

《火焰》是带有传记性的小说，写的其实就是这个叫林野的年轻人自己奋斗走向成功的故事。它的作者光明是我80年代结识的一位青年朋友，他有才华，勤奋，踏实，认真，几年来又写又译又编，成果累累，可以说是年轻有为。记得他在安徽讲师团的时候，我就常鼓励他多积累生活素材，认真搞创作。他也常把写好的文章寄给我看。我当时就觉得他很善于观察人和事物，文字有功力。我建议他多读契诃夫、曼斯菲尔德和早期的高尔基，相信他在文学方面会做出大的成绩来。

（1994年9月23日《人民日报》）

抗老哲学

——给自己做点思想工作

3年前,我85岁时,还没或者还不大想这个"老"字,更不用说"死"啦。这两三年来,老的意识不断向我袭来。有时躺在床上甚至模拟举行遗体告别时自己的挺直姿势。我充分意识到心理上这很不健康。深知这么下去不是办法。

其实,除了一系列我自己看到的化验数字(如内生肌肝清除率只剩正常人的十分之一了),我意识不到自己的健康在退化。我耳不聋,还能听得出交响乐的细微处。我最怕人对我大声说话。走路人家总嫌我走得太快。饭量虽小多了,不再是大肚汉,但吃什么都挺香。睡眠是差一些,反正也不用坐班,可以随时补觉。尤其可以自慰的,就是还常想写上一星半点儿的,只是往往起了个头儿就坚持不下去。反正至少直到如今,我还没脑软化吧!

同年轻时候相比,最突出的一点是以前经常想的是未来,而现在小差常往后开。一苦闷了,就用早年如意的事来宽慰自己。可往往又认识到过去的反正都已经过去了,用那来支撑现在,不灵,也没出息。

于是,我坐下来,手捻素珠就做起自己的思想工作来。

生,是偶然的。死,可是必然的。

我早就写过《我这两辈子》。"两"是以1966年我往自己喉咙里倒那瓶安眠药,并被隆福医院洗肠救活为界。吞服之前,我头脑完全清醒,所以遗书里还歌颂了一通新社会,只怪自己不能适应。那当然是为妻小托付。那次倘若没救活（已经隔了好几个小时了！）现在还不也就成为一堆土了。是捡了条命！幸亏没走。接着，从20世纪70年代后期起，天就又亮了。我也没辜负我这第二辈子。我一生从没像这段日子那么奋发过。我一连写了《八十自省》《未带地图的旅人》《医药哲学》《海外行踪》等书，重印了旧作十几种，还同洁若合译了奇书《尤利西斯》。隆福医院当年总算没白救我这条命，更要谢谢我的老伴洁若和她那位五年前归天了的姐姐常韦。

其实，80年代我那股勤奋劲儿不难理解。当一个人发现他那条小命几乎丢掉可又捡了回来时，他就会更加稀罕起来。以前晃晃荡荡地混日子，这时倒起劲了，好像是向自己证明没白活下来。

中学时期，学校春秋两季必举行运动会，我每次都必报名参加，而且是长跑。可我连个铜牌也没捞到过，由于落后不止一圈，往往连全程都没跑完就拉倒了。可我很满意，因为我跑是为了锻炼。

我这辈子也就是这么跑过来的。如今，九十在望了，这个"老"字再也躲不开了。与"老"字相伴的,自然就是"死"。生不容易,尤其生在贫苦之家,生在动乱的年月。那时,凭那股血气方刚的劲头,横冲直闯,也还是闯过来了。可面临老迈与死亡,就一筹莫展了。

当然,我一有病就打针吃药,住院治疗,立刻采取一切必要的措施。

我最主要的措施是对自己做思想工作。

世上最可靠的哲学是唯物论,因为它不虚不玄,脚踏实地。首先就得承认自己老是老了,而且跟着还要死。自古以来,谁也跑不掉。秦始皇派了童男童女渡海去寻找长生之术,也白搭。

我腿脚还利索,耳不聋,戴上眼镜还能看五六号字,虽不能背诵什么了,可脑子还经使,不怎么糊涂。记得京剧里有个叫张别古的角色给"老"做了个精彩的总结,开头仿佛是:"人老了,人老先从哪儿老?先从牙上老。嚼不动的多,嚼得动的少……"

可咱们国家还常提倡老有所为,也就是老了也不能白吃闲饭。老了,精力差了,可老人还有比少年人经验多的一面，因而有时就能发挥点特有的作用，尤其是耍笔杆这个行当：大件写不出来了，小件完全可以干到最后一息。

人老，不怕，因为是无可抗拒的自然规律。怕的是心也老。心老最突出的征象就是成天关上门总想自己的老。越想越消沉，以至人还没死，心先死了。早年，肺病是不治之症。如今，不是了。癌症也有攻克的一天。唯独要是心死了，那可是最可怕之症。而且此症并不限于老年！

前几年，我曾用韩德尔或莫扎特来医治我的老年症，时常身在20世纪的中国，心却徘徊在十八九世纪欧洲的宫廷。后来发现，作为艺术欣赏，那是上品。我常沉醉在那徐缓的旋律中，然而用那来驱散老迈和死亡的阴影，则是徒劳。大风琴只能片刻间把我带到遥远的年代去，却无助于驱散我眼前的暮气。

我是个老记者。幸而我每天都有十来份日报和几种刊物可看。我看国内新闻，也关心国外动态。我发现多知道点国内外大事倒不失为抗老的一种办法。非洲的动乱，拉美的饥荒，美英威胁伊拉克，中国支援第三世界……多了解一下咱们所居住的这个世界，就会少些迟暮之感。国内新闻之外，一定也要关心国际，因为那里既有咱们的今天，也有咱们的明天。

（1998年4月3日《人民日报》）

饮食的记忆

饮食也是一种教养,可我缺乏这种教养。

对于了解我早年家境的人,这毫不足奇。10岁前,我面临的主要是把我那小肚皮填饱的问题。那时靠典当和妈妈外出做佣工为生。一到年下,堂兄就在北新桥摆地摊卖对联,有时还当场挥毫。这样,年三十家里才勉强包上饺子。另外,每逢戚友有红白事,妈妈总把我这小馋鬼带上,借此开开斋。当时我那副狼狈相是不难想象的。

我有过一些喜欢吃并懂得吃的朋友,如已故的荒芜。20世纪50年代我们同住在羊市大街时,一天他老远把我拽到鼓楼附近一家小饭馆,请我吃了一顿炸肥肠——真是肥得满嘴流油。他边自己品味边殷切地问我:"咋样?"我的回答倒也还老实。我说:"好吃是好吃,可要我为它跑半个北京城,划不来。"

朋友中,巴金是"爱吃"的,但他总把吃同友情联系在一起。50年代他每来京,必把他的多年老友,尤其像我那样当时正坐冷板凳的,约在一起,欢聚一下。他对北京的馆子比我熟,有时是沙滩,有时是新开路的康乐,反正总是川菜馆。那时他的饭量也真是惊人!时常我们已善罢甘休之后,他还要独自打扫一番战场,把盘盘都扫荡得一干二净。

50年代的一天,我们同游北海。我凭着小他六岁这个优势,向他挑战。我们各租了一条小船,从漪澜堂出发,以五龙亭为终点。我满以为会先他到达,就使出吃奶的力气,结果却同时靠的岸,划个平手。

至于文章，他那洋洋二三十卷，我就更望尘莫及了。因而我得出一个老生常谈的结论：能吃才能干！

1945年3月，我从英国横渡大西洋去采访联合国成立大会时，战争还未结束。本来只不过几天的航程，为了一路同依然猖獗的纳粹潜艇玩捉迷藏，我们竟走了十几天。从利物浦上船后，天天上午在船上做遇难弃船演习。生活在死亡线的边缘上，食欲实在旺盛不起来，况且英国食物短缺，严格配给，就连船上也吃不到什么美味。

轮船一驶进加拿大的哈利法克斯港，就安全了，胃口也来啦。上岸后，同船的人都分别进了当地餐馆，并且异口同声地喊着："要牛排！"印象中，我面前那块简直厚得像是块淌油的"砖"，足有两斤重，而一瞬间就被我消灭到肚里去了。

现在回想起来，那样的饕餮既品不出美味，对肠胃也太不仁慈，甚不可取！

英国的绅士淑女是向来不肯露天而食的，在巴黎，就没这么讲究。蔚蓝的天空飘浮着朵朵白云。咖啡馆门前，衣着华丽的男男女女围桌而坐，一群群鸽子在他们脚下啄食，确实是别一天地。

由于四堂兄娶了位美国嫂子安娜，我从九岁就习惯吃洋餐了。她还教了我一些洋规矩，例如刀叉不能碰出声音，咀嚼也得文文雅雅的。

可是当一位姓孟罗的英国人请四堂兄和我在东单吃大餐时，我怎样也切不动那块烤肉，到头来它竟飞出盘子，蹦到地上了。

有时，吃食会引起乡思。

30年代初到上海，朋友看出我想北京，就特意把我带到二马路横街一个弄堂去。老远我就闻到熟稔而且久违了的芝麻酱味儿了，原来那是北京人开的烧饼铺。对我，当时那可比什么山珍海味都要香，因为它会立刻把我带回到20年代。那时冬天上学的路上，我口袋里总装着个刚出炉的烧饼或烤白薯。那就相当于贵妇人的暖手炉。快到校门口我才"开吃"。咽下肚里的不仅是烧饼，还有一路上我的体温。

当记者得学会不挑嘴。在全国范围内跑新闻，什么菜系都会碰上。好在中国酒席总先上几个冷荤,而且它们总守着阵脚,一般不撤。这样,遇到正菜不好下箸——例如西南的辣子,就可在冷盘上周旋。

(1998年8月27日《人民日报》)

吃的联想

食品在我记忆中能留下痕迹的,往往不是它本身,而是那场合。

小时候对我来说,最解馋莫如大饼卷盒子菜(酱肉)。每当妈妈领到工钱,就把我带到一个小饭馆,用她挣来的钱为我叫上一张大饼和一碟盒子菜。当她看着我的小肚皮一凸一凸的时候,就感到万分欣慰。我问她怎么不也叫一份,她说她不饿。我把我的"号筒"

（就是我正吃的盒子菜卷饼）硬送到她嘴边时，她也仅仅肯舔上一口。她还说，看到我吃比她自己吃还香呢。

啊，妈妈的爱多么无私啊！

小时候有个南方同学，我们给他起个外号，叫他"豆腐皮儿"，气得他就回敬，叫我们"土豆"或"白菽"。都着眼在各自常吃的东西。其实，北方人对豆腐同样感兴趣。那时走过北新桥，对我最有吸引力的是豆汁儿。一方面，那也最合我的财力。一张小桌，三面是条凳。坐下来，一碗滚烫的豆汁儿就摆在眼前了，连同咸菜也只消几文钱！

教养高的人，最不习惯于在街上边走边吃，可我对露天吃东西（只要不刮风，没有尘埃）很感兴趣。年轻时我穿一件黑色短皮衣，口袋里装满了刚买到的糖炒栗子（还滚烫的），一路上边吃边蹬着车，十分惬意。

十八岁去潮汕，那里每日三餐的序幕，是吃生蚝。后来又去福州教书，那里菜肴的特点是红糟。然而那只是席面的序幕，同时桌面上用方言进行着交谈，也没人理会我下不下箸。

说起来，新闻记者似乎好当，其实，有时也会碰到考验——包括吃的方面。1938年我采访滇缅路时，东缅一位土皇帝（官名土司）请我赴宴。他把珍品全摆在桌上了，可每一盘都赛过北京的臭豆腐！他以为我不大下箸，是客气，所以就拼命给我往碟子里布。

小时候虽然吃过北京的臭豆腐，有过这方面的训练，但是对每碗每碟菜无一不臭，我思想里可缺乏准备！

1936年我赴上海编《大公报·文艺》。巴金、靳以和我几乎每天都泡在大东茶室，有时孟十还或黎烈文也凑到一起。我们叫上一壶龙井，然后就有女服务员推着小车来到桌前，小车上的马拉糕什么的任凭挑选。在饮着龙井，嚼着甜点心之间，我们交换起稿件，并且聊着文艺方面的问题。对我，那既是高级享受，也是无形的教育。在当时文艺界那复杂的局面下我没惹出什么乱子，还多亏巴金这位忠厚兄长的指点。

30年代在上海，我们大都还是单身汉，住法租界的霞飞路——今淮海西路。早晨去老虎灶灌上一瓶开水

（每月一元），中午和晚上的饭大都包给罗宋（白俄）馆子。左不过是一盆西红柿汤，厚厚的一片烤肉，也许还有份甜点心。面包算是充分供应，每顿一元。就是那番"锻炼"，使我后来在英国结结实实地啃了七年面包。当然，一边啃，一边还是在怀念着家里的烧茄子和打卤面。

40年代我旅英时，曾专程去东伦敦贫民窟访问过一次加里多尼亚市场。那里的贫民食谱还是相应地高出东方一筹。那条街上有好几家都在卖一种把土豆条和鱼炸在一道的食品，叫"Fish and chips"。我买上一点，托在手心里，一路吃着：是刚炸的，还滚烫。味道确实很香。

其实，英国贵族家庭在吃上面并不都讲究。到这样家庭去过周末，有时很愉快，有时由于拘谨而受罪。那时我有位澳大利亚朋友，他的木屋就像跨在泰晤士河上。我每次去，他总请我吃烤肉。围着一只大铛，自己掌握火候，真过瘾。尤其当时英国食物配给十分紧，每人每月才可吃上几两肉。朋友认识个东伦敦的肉贩

1999年2月5日《人民日报》载《吃的联想》

子——一个矮小殷勤而善良的都柏林人。他大概不时地卖给他一些。

有时也会碰上十分守法（尤其是英国大世家）的请我去度周末，我往往就得处于半饥饿状态。

30年代伦敦的中餐馆不少，可几乎全是粤菜。盟军把希特勒从巴黎赶出后，我在那里才吃到我国北方的菜肴。同朋友一走进去，首先给我欢快的是大师傅用铁勺在锅上敲出的清脆响声，还有，伙计们那声"您吃点儿什么？"我心里想，到了这儿，吃什么都香。

中华人民共和国成立初期，当包括我在内的大批友人都成为纯螺丝钉，而巴金每次出国经过北京，或来开会时，他总不忘旧雨，必约我们吃上一顿川菜。他很少邀那些虽熟稔而正在春风得意的人。每次除了我和洁若，还必有他留法时结识的大教授陈占元和翻译契诃夫作品的汝龙。

最惊人的，是席终总是由巴金打扫战场，看着他青筋凸起，简直和他写文章一样认真。当时我就把他的强健等同他的饭量，使他能够不知疲倦地一天写上七八千字！所以，尽管他曾为出版事业倾注了那么多心血，花费了那么多时间，他个人的文集竟还多达二三十卷，而我的文集却只编到十卷。

三年困难时期，我正在唐山柏各庄劳动。那里靠海滨，是鱼米之乡。1961年6月回京，饱尝了饥饿的滋味。那年冬月，为了给老岳母祝寿，我们一家人到王府大街大同酒家去吃了一顿。站在寒风中排了三小时的队，才轮到我们进去。一小盘炒面要三元，这一餐花掉了半个月的工资。这还不算，老岳母还冻得感冒发烧，差点得上肺炎！

改革开放以来，餐厅及饭馆纷纷开起来，菜肴五花八门，丰富多彩。想起困难时期，除伊拉克蜜枣（听说吃了会传上肝炎）以外，什么都凭票供应，真是恍如隔世。同时，父母溺爱子女，营养过剩，又出现了"肥胖儿"的问题。

在进餐的方式上，现在我更倾向于西方的办法。咱们是把盘盘碟碟一齐上桌，这样，不管下没下箸，席散之后，剩菜就一股脑儿全倒入垃圾桶或狗食盆里了。

西方则由主人掌刀，烤鸡熏鸭横陈在他面前的盘子里。主人切时，望着吃者问数量，绝不硬塞，不浪费，而且十分卫生。

吃饭是件每日必行的大事，为什么没有人出来改革一下呢？这里，涉及经济与卫生两个方面，是值得研究一下的。

(1999年2月5日《人民日报》)

精品栏目荟萃

《副刊面面观》（李辉　编）

《心香一瓣》（虞金星　编）

《纽约客闲话精选集　一》（刘倩　编）

《多味斋》（周舒艺　编）

《文艺地图之一城风月向来人》（孙小宁　编）

《书评面面观》（李辉　编）

《上海的时光容器》（伍斌　编）

《谈艺录》（刘炜茗　编）

《问学录》（刘炜茗　编）

《名人之后》（沈秀红　编）

《纽约客闲话精选集　二》（刘倩　编）

《编辑丛谈》（董小酷　编）

《本命年笔谈》（严建平　编）

《国宝华光》（徐红梅　吴艳丽　编）

《半日闲谭》（董宏君　编）

《云泥鸿爪一枝痕》（王勉　编）

个人作品精选

《踏歌行》（陈娉舒）

《家园与乡愁》（李汉荣）

《我画文人肖像》（罗雪村）

《茶事一年间》（何频）

《好在共一城风雨》（胡洪侠）

《从第一槌开始》（剑武）

《碰上的缘分》（王渝）

《抓在手里的阳光》（刘荒田）

《阿Q正传》（鲁迅）

《风吹书香》（冻凤秋）

《书犹如此》（姚峥华）

《泥手赠来》（黄德海）

《住在凉山上》（何万敏）

《老解观象》（解玺璋）

《犄角旮旯天津卫》（林希）

《歌剧幕后的故事》（薛维）

《色香味居梦影录》（姜威）

《走读生》（李福莹）

《回家》（朱永新）

《武艺十八般》（萧乾）

《一味斋书话》（熊光楷）

《收藏是一种记忆》（剑武）